U0609814

阿占 著

后海

天津出版传媒集团

百花文艺出版社

图书在版编目（CIP）数据

后海 / 阿占著. -- 天津：百花文艺出版社，
2024.3
（百花中篇小说丛书）
ISBN 978-7-5306-8779-6

Ⅰ.①后… Ⅱ.①阿… Ⅲ.①中篇小说–中国–当代
Ⅳ.①I247.5

中国国家版本馆 CIP 数据核字(2024)第 054483 号

后海
HOU HAI

阿占　著

出 版 人：薛印胜　　**选题策划：**汪惠仁
编辑统筹：徐福伟　　**责任编辑：**齐红霞
装帧设计：任　彦
出版发行：百花文艺出版社
地址：天津市和平区西康路 35 号　　**邮编：**300051
电话传真：+86-22-23332651（发行部）
　　　　　　+86-22-23332656（总编室）
　　　　　　+86-22-23332478（邮购部）
网址：http://www.baihuawenyi.com
印刷：山东临沂新华印刷物流集团有限责任公司
开本：700 毫米×980 毫米　　1/32
字数：60 千字
印张：5.75
版次：2024 年 3 月第 1 版
印次：2024 年 3 月第 1 次印刷
定价：38.00 元

如有印装质量问题，请与山东临沂新华印刷物流集团有限责任公司联系调换
地址：山东省临沂市高新技术产业开发区新华路 1 号
电话：(0539)2925886　　**邮编：**276017

阿占 / 作者

本名王占筠，毕业于苏州大学艺术学院。出版有小说集《制琴记》《墨池记》，散文集《乱房间》《私聊》《海货》《一打风花雪月》《青岛蓝调》等。多部中短篇小说被《新华文摘》《小说月报》《中篇小说选刊》《小说选刊》《北京文学·中篇小说月报》《长江文艺·好小说》《中华文学选刊》等转载，入选重要年选与排行榜。曾获百花文学奖、泰山文艺奖、山东文学奖等奖项。多次推出个人画展并为多部畅销书绘制插画。现为中国作家协会会员，青岛市文学创作研究院专业作家。

楔子

潮汐起落，绕岛而行，南来的叫前海，北去的归后海。前海后海都是海，却又是不一样的海，至少在老家伙的掌故里，分明如泾渭。

这一天，老家伙们照常晒太阳。三五一撮儿，七八成堆儿，嵌于明丽处。

凡能出来晒太阳的，任他古稀耄耋，腿脚都还稳扎着。有的沿栈道挪步倒行，似乎想让时间回车。有的把钓鱼这件事也一并做了，尽管钓上来的是蓝色水滴。

晒太阳有讲究，腹为阴，背为阳，静脉和穴位都在后背上。老家伙们将背脊冲阳，眯着眼，不耽误吹牛侃山。人来癫疯的，竟将衣服撩起，露出老年斑、肉赘、瘊子，露出时间的褶痕和锈迹。不好看也要露出，为的是晒晒命门和肾俞，这俩穴位在腰背正中，晒了补肾气，肾气一足百病除。

却也终究是老了，肾再好，又能好到哪里去？一边晒太阳一边指点天下，才最要紧。从国际到国家，从四面至八方，从古延今，老家伙的心要操碎了。有道是老而慈悲为怀，可争论起来那互不相让的劲儿，就好像肾气从未丢失过一样。老烟嗓、老枪嗓、老风嗓、老牛嗓，管他什么嗓，都是嗡嗡的，声带里装满回音。

也会说到身边事，说前海后海之差异。早些年，前海的姑娘绝不肯嫁到后海去。这些年，前海的房价要翻出后海好几倍。前海打造旅游码头和CBD（中央商务区），到处有网红打卡地，城市封面都在前海。后海适合拆迁安置，建的是港口和工业区。

栈道不远可见小型浴场，一弯月牙滩上，沙细如粉,色泽泛金。放风筝的、打旁练的、露营的、卖贝壳的,闹哄哄都在那里。逢天文大潮,浪头怒推到更衣室前,沙滩不见了,人声才能消停。这种时候,栈道上亦不敢待,浪头有魔性,每年都会卷走人,眨眼就是生死。通常在天文大潮过后的第三天,相安无事了,老家伙们重新回到晒太阳的地方,指指眼前的海——

一个说:"除去天文大潮,每月农历的初一、十五以后,两三天内,都会有一次大满潮。"

另一个说:"涨潮时间每天都不同,十五天一个轮回,回到原处。"

再一个说:"总是这样的,一天会有两次满潮两次低潮,满潮低潮之间隔六小时。"

还有一个说:"满潮也好低潮也罢,涨得再高落得再低,还是得有平潮期,绝了,大海呆住,不涨不退,一动不动。"

是日处暑已过，燥意渐退，风干松起来，任谁的腰腿肩颈都轻快不少。等初阳染红海面，老家伙们已进入吹牛皮时间，忽地，沙滩上热闹开了，咋呼声骤起，过鱼般密集。

"那边怎么回事？"

"好像拖上来一只海蜇。"

几问几答过后，老家伙们并未丢下自己的事。老了就要笃定些，还有什么没见过的世面？海蜇而已，这季节漂在浅水区不足为奇，正忙产卵呢，性狂爱蜇人罢了。

那边，海蜇被抬上岸，众人围拢，性格外向的即刻呼喊出口，尚能稳住的亦言表惊诧。众人打起赌，关于海蜇的重量和尺寸。

赌十斤散啤，赌两盒好烟，赌一顿烧烤。

赌着赌着，脸红了，脖子也粗了，原来都是当真的。

几千米外，常年有早集，好事者油门一踩，跟撬裤脚的借来软尺，跟鱼贩子借来秤。经现场测量，海蜇直径超一米五，重逾一百六十斤。咋呼声再次猛烈起来。赢了散啤的，输了好烟的，最后约定当晚烧烤店不见不散，不醉不归。

这当刻，海蜇瘫泄于沙滩，眼见着缩水。不知哪个"脸基尼"大姨在喊："快切了吧！分分，回家拌着吃。"

众人一致赞同。

好事者折回早集，还软尺还秤，再借西瓜摊的刀。

最后，谷子被捧在中心，像寿星过生日切蛋糕一样，将海蜇大卸无数块。见者有份，又是一阵咋呼，终被浪潮声盖过。

谷子与海蜇成了宇宙中心。快递小哥、钓客、酒鬼、剪头发的"托尼"、饺子馆的老板娘，各色人等将这奇闻不断转发，一个前海独有的生活秀，在秋日里持续发酵，很是杀口开胃。

等到打听明白，老家伙们就再也稳不住了。一个说，谷子果真厉害，竟毒过了海蜇。另一个说，个头儿巨大，蜇住要害能损命哪。再一个说，谷子到底怎么拖上岸的？还有一个说，后海长大的就是野，不服不行。

说着，神情皆复杂起来，明明是在夸谷子功能特异，却又难掩不屑。

在海边，人混脸熟，名字可记可不记。

谷子倒是容易被记住。

谷子玩海，三百六十五天几无缺席，零下九摄氏度的寒潮来了，他也要下海浸上几分钟——如此这般，谁会不记得他的大名呢？

当日，天堪堪放亮，谷子已在栈道上，压腿、绕膝、沉肩，给出漂亮空飞。栈道与海面落差三米余，谷子的腾空足够舒展，腰腹是紧绷的，却又不会一紧到底。留有余地，方能找到良好的入水角度，这个他最懂。入了水，屏一口气，再潜二十米，浮出水面，志得意满。

此跳法名曰"大飞燕"，非高手不能为。几个"脸基尼"齐齐叫好，谷子挥挥手，与她们交换了友谊。原打算再蝶泳几番的，不远处突然漂来大堆透明物，经验告诉谷子，是海蜇。等到近了前，这海蜇的大，完全超出所料。毕竟是浅海，少见哪！

海蜇不笨，感觉动静异常，转身就往深处走。

谷子扎个猛子潜下去，使出一把劲儿，想抓住，可这货太滑，眼见要溜，谷子急了，右手猛地插到蜇头里面，用力将其勾住，比榫卯还结实。

海蜇逃不掉了，谷子一边划水一边往岸边拖。

海水浮力大，借浪涌推送，尚能拖动。一出水面，谷子才意识到单人根本对付不了。赶紧叫来四个常年游泳的壮汉，使出合力，才把海蜇抬上岸。仅是搭把手的工夫，壮汉们的手上胳膊上——凡触碰过海蜇的地方，瞬间起了麻密红疹。谷子与海蜇搏斗半天，竟毫发无损。

谷子也纳闷，难道这层皮和别人的不一样？小蜇无感，就算哪次蜇狠了，上岸抓把沙，擦掉沾在表皮的毒液，基本就无事了。

坊间传言，谷子能以毒攻毒。也有知根底的，说谷子在后海野滩长大，打小生吞糠虾屎蟹，体内早就生成抗体了。这说法与老家伙们说法一致，复杂的神情也相同，明明是在夸谷子功能特异，却又难掩不屑。

谷子不介意。这么多年，他已甘心接受自己在许多时候成为一个笑料，当然他也会成为奇谈。

由谷子说到后海，老家伙们就再也控制不住自己了。

后海乃糙野之地，是处风野、浪野、滩野、人野。祖孙三辈住前海的也难逃俗戾，可一旦说起后海，就忽然变得像个世家子弟，一副家有老钱的样子，好像祖上读书都读出了名堂似的。

从前，后海根本就不算海，哪有什么阳光沙滩，全是大雾，冬天冻死人，呜呜西北风能把重物刮跑。后来有了工厂，后海就更不是海，废水一排，成了烂泥滩，麻麻癫癫的。大烟囱直冒黑烟，街上走一趟，衬衫领鼻孔眼都黑了。前海呢，皮鞋一个礼拜不擦还能照见人影。

后海的人若在旁，就会顶真起来。别看人老了，玩后海的永远口音硬、脾气冲、体格精瘦。少年的他们在海里扎猛子讨生活，老年的他们在岸边垂钓抬死杠,沧桑深刻于法令纹,那强硬的走势,仍在表明内心的不服。他们说,海是双面的,前海是面子,后海是里子,一个也不能少!当年若无那些制造业撑着,海再蓝也不能用来过日子,哼!没有后海,岛城长不大。

偶有透辟于俗世的老家伙,实在听得不耐烦,清清嗓子开始断案:"吵个屁,也不怕年轻人笑话。岛城建置才一百三十年,往前翻,都是移民。你爷爷跟前海没关系,你爷爷的爷爷连前海什么名堂都搞不明白哪。"

众人怔了怔,透辟的老家伙继续清嗓子断案:"明洪武到永乐年间,为当朝守卫所的官兵,携了家眷,来到鳌山卫、浮山所、灵山卫,算是第一拨移民。一八九七年,德国人强行闯入,修铁路建码头,第二拨移民就扑了过来,卖劳力拼脑子,扎下根,娶妻生子。"

众人安静下来。透辟的老家伙，嘴角已积起白沫，越说越来劲儿——"第二次世界大战，小日本入侵，战火不断，岛城在大陆尽头，比中枢要道好活命，移民再起，几个县的流亡政府、流亡中学都来了，省流亡政府也来了。这么说吧，从一八九七年到一九四九年中华人民共和国成立，一拨拨的移民，就像海里的浪头，一个接着一个，一个高过一个，单单市区人口就从十万猛增到八十万……"

众人偃旗息鼓，开始打听彼此祖籍，何时来的，为何来的，怎么来的。一来二去三回四转，竟找出一些或平行或重叠的家族轨迹，熟谙的越加熟谙，陌生的亦不再陌生，气氛异常松动。

不出所料，最后都归到了洋流和鱼群。这个时候，众人皆温柔，眼里浮动着光。原本就该如此的，在前海后海交接之地，环岛海流带动起海底沙泥，水质混沌才能鱼种纷繁，鱼群的穿梭不停，就像岸上的喧嚷不息。

"还是后海好啊,早年吃不饱,后海泥滩里的虾虎又肥又多,捞一盆可以当干粮了。"一个说。

"管他前海后海,海边的人总归有吃的,海货就是粮食。"另一个说。

"海里的东西挖不光也捞不完,下次涨潮又送来了新的。"还有一个说。

一

老家伙们没说错。

二十世纪七十年代中期,后海岸上一片灰蒙厂区,视觉相当枯燥。大风卷起机油的味道,在厂区之间形成旋涡。少年谷子只恨自己生错了地方,为此,连自己的父母也一起恨了。

这个冯家老三,自小野于滩涂,肚里有虫,脸上长癣。翻过纺织厂宿舍北墙,便是后海滩,数道污水在此汇入,滩泥又臭又肥。屎蟹、泥蛤、糠虾,肉身傻大,外加味道鲜亮,谷子把它们当零食,搬开石头,抓住就往嘴里塞,像现在的熊孩子吃辣条一样。

一九五五年国庆节,冯家长子出生,十大元帅授勋刚结束,冯父认为儿子的名字里应该有"元"。

二子一九五八年出生,冯父认为儿子的名字里得有"跃"。老三一九六一年出生,自然灾害不少,粮食比天大啊,冯父便在儿子的名字里加了一个"谷"。老四一九六三年出生,全国人民学雷锋,"学"字正当其时。老五一九七〇年出生,属意外之喜,繁衍之事该收尾了,"季"字等在那里。

冯父同时认为,日子变来变去,海永远都在,海能让人活命,于是便有了元海、跃海、谷海、学海、季海。

大名起好,冯家父母却叫不惯,平日里只喊大元、二跃、谷子、四学、小季,邻里亲朋乃至后来的同学同事,也跟着这样叫开了。

冯父毕生的讲究,似乎都用在了给儿子起名这件事上,除此之外,他是一个没有耐心的父亲。一个夏顶烈日、冬吹寒风的铁路巡道工,每天八小时,二十千米,雪雨无耽搁,体能和意志被极大地考验着,下班回家不吱溜二两老白干,难以将息。可一吱溜,暴脾气就上来了。五个儿子,至少有四个饭量惊人,且顽劣,且不爱读书,都没少挨打。

冯母跟冯父一样暴躁。纺织挡车工,三班倒,常年淹没于噪声里,在纱锭车之间小跑,加上孕生之苦,体能和意志也被极大地考验着。儿子们吃饭时才会出现,大多数时间是找不到的,对此她已疲于应对。晚上临睡前,数一数,五个,不少,关灯,一天便过去了。

唯独赶海的日子,儿子不嫌多。

赶海通常发生在大风骤停的第二天。原本满涨的海水,只一顿饭工夫,就不知跑到哪里去了。

岩礁和砾石裸露出来,虾兵蟹将、鱼贝海藻,数百米内外都是它们。

众人从大杂院奔出,轰隆隆地往海边去。推小车有之，挑扁担有之，挎篓子拎钩子，妇孺皆不走空。

须知道，在后海人家的认知体系里，赶海水平高低与生存能力强弱，二者关系是等同的。选女婿，兹事体大，亦从赶海下手。谁家姑娘追求者众，那就一人丢过去一只藤条篓子，让他们下海挖蛤蜊。能干又会过日子的，上来时不仅篓子满满，还额外多了两小"麻袋"。原来，为摘得花魁，尔等灵机一动，裤子脱下，裤脚口扎紧实，里面塞满蛤蜊。

幸好那些年都穿粗布裤头，肥肥大大，若是现今的紧身三角，沾水即贴身，伤风败俗，这样的女婿也是没人敢要的。

海货的叫法，是后海自己的叫法，前海人若来了，恐怕听不懂。辣游、花游、鸡鼎、海青、海黄、牛毛、骆驼毛、海麻线、海紫儿、谷穗菜……多到不可思议。众人手忙脚乱，却也乱中有序，笑声、骂声、啸叫声、打屁声,嘈杂而热烈。

一旦涨潮,分贝便也达到了最高值。找儿子的,喊爸爸的,叫姐姐的,骂老婆的。只是内容指向再复杂,总有统一的后缀——涨潮啦,回家啦。

冯家齐上阵,一筐筐的海货背回了家,众人都是羡慕的眼光,儿子多,管用,好收成啊!

那个时候,谈论海货,就像在谈论粮食。

也有说话败兴的,比如收成再多也禁不住大饭量,比如日后娶媳妇的钱哪里来,等等。

赶完海,虾子做虾酱,鱼杂做鱼酱。上讲的黑头挑出洗净,铁丝穿鼻,风里甜晒,兴许要到年关才能吃。海螺海蛎子直接倒入大锅,点火开煮。海菜梳理清洗,去泥沙杂质。有点闲工夫,冯母会包顿地瓜面海菜包子,多数时候图省事,加一把苞米面做了疙瘩汤。

谷子偷溜进厨房,挖一勺猪油藏碗底,凝脂雪白瞬间溶于热汤,浮起一片油花儿。

　　日子有所改善,是大元、二跃就业以后。

　　就在后海的重型机械铸造厂,大元当了翻砂工,二跃当了钳工,都属重劳力,尤以翻砂车间环境恶劣,壮汉也撑不了多久,有门路的都在托关系换岗。大元乐于现状,只因那里五班倒,时间充裕,可以干点副业。

　　什么副业?

　　每天大潮退尽,到齐腰深的水域挖蛤蜊,俗称"下大抓"。

　　工具说简单也简单,说精到也精到,拢共两件。一件,轮胎改造的保险圈,上捆渔网;另一件,长杆铁网抓,可以理解为焊着铁杆的笊篱。

　　遇好潮水、好运气,一挖一麻袋,不是空话段子。

上岸后，或去集市卖鲜，或回家大锅蒸煮，扒肉晒干，不日再换钱，帮衬家境，又可攒钱，早日娶上媳妇，搂着睡觉。

赶海不分昼夜。夜里配一个嘎斯灯，其原理跟工厂的气焊大同小异，乙炔燃烧形成一道火焰，亮如白炽。

大元、二跃配备齐整，逢大潮退尽，提灯顺"海道"向深处走。"海道"是后海奇特的自然现象，潮落时，随"潮脚"显现。也怪，同是从岸边去海，四周滩涂泥泞不堪，一腿一腿地下陷，唯独"海道"坚硬异常，铁锨都铲不动。

大元、二跃干上了瘾，等到各自攒下三百元，瘾头就更大了。当时人均工资三十五元，多数家庭都是透支的，临发工资那几日需借钱聊度，三百元已接近天文数字，兄弟俩半夜都能笑醒。

厂里工种熬人，每天丢失大量体液和电解质，下了班原应该补觉养神的,否则,长此以往必致内耗。哥俩终归太年轻,被荷尔蒙顶得上蹿下跳,气盛得很,偶有心率加快、胸闷气短,也是不管不顾的。他们说:"不打紧,精血满着哩,有的是气力。"

那段时间,冯家正在走上坡路。大元、二跃挣外快,高兴。谷子凭游泳特长进了区少年体校,也高兴。教练说:"这孩子有点意思。"

所谓有点意思,是指谷子腰长有力,身体呈流线型,天生游泳的料,扔到体校苦练几番,定能一力胜十巧。

教练没看走眼。不出一年,谷子就在全市的少年游泳比赛中得了冠军。可他顽劣不改,沉不下心,每天应付完教练规定的内容,便偷懒耍滑,追女生打群架,再也不出成绩,不久被退了回来。

糊弄完初中,谷子揣着烟盒般大小的毕业证,走出校门。接下来，他不再是学生，也成不了工人，只能四处游荡，做临时工。谷子却不知愁，在心里庆祝这份自由，并跟父母许诺，像哥哥那样"下大抓"贴补家计。最拮据的日子已经过去，谷子还是孩子，挣钱与否，冯家父母并没当真。

毕竟进过专业队，谷子擅深潜，而深潜是可以摸到鲍参和大螺的，这些海货值钱，一次就顶哥哥三次的利润。谷子交给父母一半，自己偷偷留一半，跑去上街的老字号吃将起来。

上街有饭店、照相馆、电影院……其繁华程度不输前海，后海几代人对于美好生活的追求都留在了这短短几百米。三盛楼的羊肉蒸饺灌汤，现蒸现卖。与蒸饺最搭的是羊杂汤，料放得足，大块羊血肉碎浮于汤面。谷子呼呼下肚，第一屉顾不上品味，第二屉才知肉香膻浓。以此类推，他还吃过美林烤鸡和老沧口糕点。

气血两旺之际，吃饱了不发散，攒出邪劲就麻烦了。好在，除贪吃，谷子亦爱游走，从上街拐到下街，那里有十余家纺织厂，谷子逐个兜转，碰上严肃的门卫，亦能想办法从眼皮底下溜进去。

　　游走的内驱力究竟来自哪里，谷子不明所以。或许想去远方，可远方太远；匍匐于生活，老老实实，他又不甘。站在厂房与厂房之间的凹口，风像皮鞭一样抽打过来。与此同时，他的胡子钻出了皮囊，一天比一天坚硬。

　　厂区里气味复杂，煤油味、柴油味、未洗净的动物纤维的臊味、工业香料味……有时极其微弱，不易察觉；有时直呛鼻咽，让呼吸肌快速收缩，肺内产生高压，声门突然开放，气体由气道爆发性呼出，令他咳嗽不止。

　　厂区附近有一座桥，众人将其称为火车站桥。过了桥，就是化工厂，谷子曾和发小逾墙而入，到废料堆里寻找铅丝或碎铁,用来制作火药枪,或者卖到废品收购站去。后海人家仇恨化工厂,西北风一刮,整条街都是刺鼻的,家家户户门窗紧闭。东南风更糟糕,住下风口的半夜会被怪味呛醒。

从那座桥往西三五百米就是火车站,谷子听见火车进出时的鸣笛,接近凄厉的嘶叫。

二

冯母所在的纺织五厂，谷子闭着眼也不会迷路。

厂门分南北，南门为正。广场垂直线上一排日式厂房。沿藤萝花廊往北，直通食堂。食堂外墙上都是黑板报，两米长方，少说也有三十块。食堂门口有个篮球场。篮球场旁边是大礼堂，公休时间免费放电影。大礼堂再过去就是澡堂。

总之，谷子最喜欢这片区域。他在里面洗过澡，看过电影，吃过食堂——曾掩护漂亮班花混进来共享以上福利。班花的家靠近化工厂，若不洗澡，长辫子会被熏臭，谷子于心不忍。每次看到班花从澡堂出来时嫩白粉红的脸，谷子就想上去亲一口，摸摸她胸前正在鼓起的小丘。

澡堂往北是织布车间,往东是粗纱、梳棉车间,再往东是细纱车间,往南是后纺和前纺车间。谷子很少往车间方向走。车间里噪声很大,说话靠喊,冯母的狮吼应该是在里边练成的。到了夏天,车间温度高达五十摄氏度,热浪外涌,似能将周围空气点燃。

与谷子游走的平行时间,冯母或许在机器喧嚣、毛絮纷飞的车间奔忙,或许下了夜班在家补觉,昏沉不拔。谷子从来不能确切地知道她正在做什么。做什么也都不足为奇。纺织厂动辄四五千人,女工占去五分之四,做什么或不做什么,冯母与其他女工不会不同。

制冷车间靠近北门,旁有水塔矗立。几乎每个厂区都有水塔,它们来自二十世纪三十年代,无论从哪个角度望过去,这些巨物都在傲视整个后海。

塔高二十余米,下宽上窄呈梯形,四周用立柱支撑,钢筋混凝土结构,顶端设方形储水槽,靠高度差形成自然引力,将水送往工厂各处。

再就是高耸的烟囱,比水塔还要高。粉尘从里面冒出,四处飘散。如果落日正沿烟囱下沉,会像一个被刺破的血胎。与此同时,海上飘起了化肥船的臭味。

当然,一切会在秋天变好。

秋天,风来自云端,带着纯正的清新感,绝不是那些盘错于工厂之间的低矮又黏稠的风。黄昏一旦霞彩漫天,后海便扑了胭脂,坚硬的东西都模糊下去。

谷子站在岔路口,听见轰鸣声骤然响起。起初是犹疑的,渐至清晰、锋利——下班的人流从各个工厂会聚过来,形成人潮,溢出自行车道,气派地往前推进着。

这会儿,国有企业高枕无忧,每个工厂都配备澡堂。下班前脱下工装,工人们把自己洗得干干净净,轻松地跳上自行车,说起粗鲁的笑话。

常有男青工忽然停下,单腿点地,眉头微蹙,全神贯注地点燃一根烟,整个过程帅气十足,谷子便叹服了,恨不得一夜变成二十岁。

某次,谷子看见一男青工,浑身兜满了风,臀部已离开车座,身体大幅度摇摆,平衡感极好地左冲右突,终于追上目标,用二八大金鹿车头别住了另一辆车的车头。两个男青工将各自的自行车当街推倒,随即对打起来。

整个过程没说一句话。

未及谷子回过神儿,双方的鼻子已经血流如注。

夕阳遍洒,将这刻雕镂如金,女青工的尖叫响彻整个后海……谷子方才意识到,被追上的那辆自行车的后座上,原本有一个女青工。她刚刚洗过的长发还没有干,湿答答地贴在红色连衣裙上。

谷子站在当街,被新鲜的血腥气和潮湿的香气同时击中了。

女青工玉琢般的脸,说不清在哪个位置——对于她,谷子的记忆始终是恍惚的、虚化的,以至于不能确定究竟在嘴角、眉心还是眼梢,有颗美人痣。

看热闹的人围了个水泄不通,形成梗阻,像死疙瘩。

女青工脸色惨白,眼神破碎。

谷子生出一种愿望,比同情还要重一些,应该是心疼。他想冲上前去安慰她,解救她。

后来,谷子一直想再次遇见她。因不知她在哪个厂上班,谷子开始寻找,游走成了一件不知疲惫的事情。直到秋风变冷变硬,女青工仍没出现。

又一个无所事事的下午，谷子看了场电影，惊觉于女主角和那女青工的相似度，眉眼间有媚气，亦结愁绪，黑色大波浪长至腰间——那是一副马蜂才有的细腰。

电影没看完，谷子便离开了电影院。他已经被某种虐心的情感俘获。站在灰突突的街道，如孤行的小狼，毛发俊逸，眼中泛起忧伤的蓝光。忽见路边邮局的书架上正售卖电影杂志，不出所料，里面一整版的女演员剧照，他迅速买下，向厂区跑去。中途稍作停顿，再买一盒大前门烟，同时编好了说辞。

我表姐和这个演员长得一模一样，就在你们厂，大叔你可有印象？

谷子先敬烟，接着把剧照送到门卫面前。碰到老实的门卫，会想一想，摇摇头，说没有这样的女青工，太漂亮了，不可能有。碰到浑不凛的门卫，会一把抢过烟，同时送出一脚，笑骂起来，小流氓，别在

31

这里要聪明,花花肠子想骗我,没门儿! 或者,小流氓有这么漂亮的表姐,干脆别叫我叔,叫我表姐夫得喽。

入冬以后,谷子依然没能找到那个女青工,他感到失落。找到了要做什么? 谷子不会有勇气上前打招呼的。可一想起那天她惊慌无助的样子,谷子的保护欲就满格了——此欲念愈强,自责和自卑愈重,他知道自己根本没有能力为她做什么。

直到北风上岸。

北风上岸,一路砍伐,人人肩膀内兜,脊背拱耸。棉衣扩充出臃肿感,下班的人流更加庞大了,骑行速度也慢下来。突然,摩托引擎声轰鸣,谷子应声望去,见车手戴头盔,穿长款皮衣,装备很完美。后座女人搂着他的腰,装备同样完美,褐色长靴几乎闻所未闻,只在电影里出现过。

自行车流分叉,让出通道。有人开始起哄,有人甚至摘下手套，把手指放进嘴里吹出响亮的口哨。摩托车呼啸而去。有人唾骂："真是个骚货。"有人大喊："看啊，后海第一辆摩托！"

谷子确定，就是那个女青工。即使戴着头盔，面目不清。"喂——"谷子脱口而出。这一声，极其虚弱，即刻被嘈杂覆盖了。

等到谷子终于搞清她在橡胶厂工作时，她已因旷工被除名，与人南下做生意去了。所与之人是男友还是暧昧不清的人，说法很多。

谷子拼凑的碎片信息还包括：她是橡胶厂舞蹈队的台柱子，多次报考专业团体，每每告败。她就此恨上了命运，言行举止越发叛逆。

美貌在当年是个错误，地痞流氓对她围追堵截。她不断地恋爱或许是为了找到保护自己的人。男人们为她争来抢去。到头来，坏名声却成了她的。她决定找个"老大"镇住。"老大"却把她做礼物送给了更大的"老大"……她好似进入了恶循环，再也清白不起来。

她叫曲小莉。

男工们说黄色笑话时频频提及。

谷子站在外围，手指攥得嘎嘣作响，脖颈暴起青筋。

男工们都是重劳力，头发粗硬，疙瘩肉似铁，惹不起的角色。然而，几天后，说话最下流的那两个，还是被人扎破了自行车胎。

这以后，谷子决定学点真本事。

少年们在后海打群架，做大哥或做小弟，一见面就炫耀新伤疤，这些谷子都提不起兴趣。谷子进过游泳专业队，拿过冠军，一个猛子能潜出二十米，自认为本事比尔等大多了。谷子想，他们不过是倒卖录像带和走私表，用酒瓶子爆头，马路上堵女孩，在手臂上烫一圈烟疤——没正经能耐！

谷子崇拜的，是一个叫大漠的拳击手。后海的传说中，此人天才早成，从省田径队入选拳击队，不久以拳击队队长的身份赴上海，参训"华东地区拳击班"。眼看要出成绩了，因运动员意外死亡事件，一九五九年拳击项目从全运会取消，省拳击队解散，大漠被调到省跳水队，不承想，高台跳水时耳鼓膜破裂，伤愈后又调到了省马术队。就在这命运起伏之中，大漠集结多项所长，爆发力、柔韧性与节奏感，引而伸之。

二十世纪七十年代，大漠回到后海，将沙袋挂在自家窄院，嘭嘭声响起。那以后，不断有人慕名前往。大漠收徒弟讲眼缘，练拳先练心，他秉承古训，"短德者不可与之学，丧理者不可与之教"。几年下来，后海无人不知大漠身怀绝技，徒弟亦身手不凡，一人制服五六个不在话下。

奇遇大漠是在公交车上。谷子很少坐公交车，他无急事，不赶时间，瞎晃荡看光景，游走是最好的方式。但那天中午他的确跳上了一辆公交车，两站刚过，一莽汉与一男子在狭窄的车厢里发生了龃龉。

莽汉自恃壮如黑山，完全不把白净男子放眼里。那男子刚说了句"不该与妇女抢座位"，莽汉已挥出拳头，男子倏地闪过，提出下车后较量。公交车到钢厂时，莽汉揪住男子下车，不少看热闹的也跟着下了车，谷子在其中。

男子脱掉棉衣，轻捷地滑了几步，只几拳过去，莽汉便应声倒地。

围观的众人齐声喝彩。忽有喊声："是大漠啊！"未及众人反应过来，男子已消失在路口。

谷子事后得知，被击倒的莽汉乃钢厂周边一霸，无人敢招惹，这一回劫数难逃，大漠三两拳击中穴位,让莽汉在床上躺了好几天。

谷子是带上游泳奖状去拜师的。这个举动日后再看难免幼稚,但在当时,谷子想不出还有什么资本可以让大漠收下自己,他只想表达虔诚。除了奖状,他还买了一只美林烤鸡,响当当的后海老字号。

大漠目光深邃,走路架势沉稳,透着与身份不对等的文气。他告诉谷子:"若无迅猛进攻,无缜密防守,竞争者将遭到拳的羞辱和惩罚。"但是,大漠又说:"学拳击不为逞凶,只为制止逞凶,这规矩不能破,你能做到吗?"谷子赶紧点头。

大漠又说:"做人做事要江湖,不逾越我刚才所说的规矩,就是最基本的江湖道义。"谷子继续点头。

作为选手,那年代未给大漠展示才华的机会;作为教练,他的人格魅力影响了几代人,成为后海佳话。

从十七岁到十九岁,因跟在大漠身边,谷子远离了荒诞。而他的同龄人,停课辍学后纠集成群,走在街上自带痞气,满嘴脏话,烟不离手,留着脏兮兮的长发,也有的剃了光头,把流氓习性当英雄气概,堕入歧途的有之,犯下重罪的有之,搭上性命的亦有之。

包括冯家老四,夏夜里与几个同学从录像厅出来,衬衣和铁棍都拎在手上,露出单薄青涩的肚皮和胸膛,瘦蟹一样横行。谷子见后,回家告状,当时冯父已喝红了眼,一脚把四学踹在地上,吼叫道:"让你学雷锋,不是学流氓,看你再敢没正经!"

那天冯母在纺织厂上夜班,邻居已睡下,又被吵醒,动静太大,他们怕出人命,纷纷上门劝阻。冯父当众说:"养他这么大,与其在外瞎混让别人砸死,不如死在亲爹手上。"

天亮后,冯父右手肿胀明显,疼痛钻心,去医院拍片,显示两根掌骨骨折错位。酒醒后的冯父方才想起，昨夜四学跑得快，自己有两巴掌拍在了门框上。

四学离家出走，一周未回。谷子去录像厅找，混混们都说不知道。不是被他爸打死了吗？说完一阵哄笑。

谷子懒得一般见识，扭头便走。最后是在火车桥洞子找到四学的。四学又饿又脏，脸上瘀青仍可见，咬着牙，冷咻咻地喘气。

谷子说："你有恨，想打赢我，那就先去学点真本事。"

三

谷子顶替母亲就业不久,冯家的好运气就用完了,厄害突至,似乎要将他们一一击倒。

那年谷子二十岁,挺拔的身形已成,头发茂密乌亮,鼻子高耸丰隆,半脸青春痘不计的话,应该算帅哥了。许是胸大肌厚实的缘故,海魂衫穿在他身上,胸口那里似有一抹浪在涌动。

冯母病退,谷子顶替进纺织厂做了换纬工。工种自是繁重的,可年轻,日子有念想,也就不觉辛苦。

下班后洗完澡走在厂区,他常常吹起口哨,都是电影音乐,《叶塞尼亚》和《追捕》,还有《卡桑德拉大桥》《爱情的故事》。他甚至能吹出加强音、抑扬音、断音、颤音,颇有种风去风留的自在。

班组长一张黑皮,头谢顶、个子矮,孔武有力,说话没正经,总在坏笑。他说:"谷子洗这么干净,当心被'母狼'叼走,撕巴了下酒! 哈哈哈。"

谷子知道"黑皮"在嘲讽那些纺织女工,她们泼辣能干,却也不拘小节,行为方式过于大咧,似乎只有这样才能消解繁重劳作之苦。

午休时段,黑皮玩笑开得咸湿,动作辣眼,女工们嗔骂怒笑,一波又一波,似能将纺织厂掀翻。

仲秋夜逢退大潮,女工几人结伴,顺着常走的海道,到滩涂深处挖蛤蜊。滩涂离岸几百米,尿急的只有就地解决。第二天,黑皮非说自己昨夜也在现场,月亮明晃晃的,照见好几个大白腚。"肥燕,我看像你的。"肥燕耍赖:"不是我,是胖萍。"胖萍恼羞成怒。最后只好锁定崔贵妃。

黑皮偶有正经,小眼聚光,是跟谷子说起纺织厂历史的时候——"从二十世纪二三十年代开始，后海纺织业就出名了。先是德国人瞅准这个好地方，开了第一家，等到第一次世界大战，日本人来抢地盘，把德国人打跑了。说起来也真扯淡，俩土匪跑到别人家打架，太嚣张。日本人后来一口气开了九家纱厂，赚大发了，我妈当年就是童工，我姑也是。一九四五年，日本投降，纱厂就全归咱喽，'上青天'的排序知道吧？嘿，没有人不知道，上海有三十几家，青岛有九家，天津有七家。"

黑皮还说："悔不该当初没学维修，掌握一门过硬技术的话就可以干'保全'了。金保全、银保养，知道吗？纺织厂上下数他们牛×，不但娶走了厂花，还能娶到厂医和纺织小学的老师。他们只上长白班，没有生产指标压在头上，每天干上三四个小时就基本完事了，其他时间看报、吹牛皮、干私活儿，没人管，真是个肥差。"

谷子很快发现,黑皮只说对了一半。出于好奇,谷子曾特意跑过几次"油房间",就是保全工放工具、换衣服以及休息的地方,里面光线昏暗,机油味直冲脑门。隔壁还有一个巨大的风机,风机运转时的噪声好比飓风过境,轰鸣之下无法正常对话。保全工们油污满身,尽显疲态。纺织厂的机器长时间处于高湿和雾尘状态,且连轴超负荷运转,保养维修若跟不上,会出大问题,干保全哪来什么清闲。

有一老保全,瘦得像匹老马,胸前挂花镜,眉头锁着,总想要设计出更合理的零件。可机械设计制造是有门槛的,初中文化限制了他的创造力,发明一次次无疾而终,他也成了厂里的笑柄。

谷子却禁不住内心的钦佩,见面敬根烟,也是故意做给那些嘲笑的人看的。

冯家五子,三个进大工厂;四学运气最好,参了军;老五小季读初中,是块学习的好料——冯家父母松了口气,感觉日子快要熬出头了。

人人尽知大元的婚期定在元旦。未婚妻是食品厂的,样貌虽普通,为人处世倒妥帖,订婚之后不断地给冯家送实惠。食品厂内部处理下脚料,散鸡蛋黄冰冻成形,蛋糕那般厚实,送至冯家,冯母用来炒大葱炒韭菜,满口货,过瘾。海捕对虾的虾头也是下脚料,送至冯家,炖白菜炖豆腐,漂着一层红虾油。还有猪下货、鸭头鸡头之类,大元订婚后,冯家每周都能吃上一锅大料酱炖的好卤货。

大元的帅气,远近闻名,一说像高仓健,一说像佐罗。听上去有点分裂,毕竟两位明星隔得太远,但这恰恰说明大元综合了东西方美男子特征。大元人品也周正,厂里干活儿从不计得失,年年都是先进。众人开玩笑,冯家父母偏心,最好的种子和土壤都给了大元。

为置办一个新家，大元使出了蛮荒之力，得空就去海里"下大抓"，从潮水里捞钱。婚期前半年，大元连轴转，三头六臂也不过如此。厂里五班倒，他满负荷，从未偷懒，要知道那些年国企统购统销，人浮于事混大锅饭的不在少数。

下了班，若潮水不合适，他便收拾婚房。一间狭窄的筒子楼宿舍被大元装修一新，还置办了电视机和缝纫机，打好成套家具。书柜样式尤其时髦，榉木的，五层。

"我儿子以后得上名牌大学，当医生，当老师。"大元曾这样跟未婚妻说。

"你怎么知道是儿子？"未婚妻娇笑。

"必须是儿子。"大元目光热切而坚定。

就这样好端端的，却也不知何故，事情忽然朝着反方向发力，且携带了最毒的暗器，直至夺命之刀。那是中秋节后第三天，午夜大潮退尽，滩涂裸露在月亮底下，像一幅史前图画。大元下中班回家，垫几口剩饭，就装戴齐整地赶海去了。二跃那天没去，上夜班。

从十六岁到二十六岁，只要潮水合适，后海野滩就是大元的乐土和梦乡，别人捞上来的是海货，充其量叫作欢喜，他捞上来的是未来——直到那夜，他捞上来死亡，将潮汐变作了墓志铭。

谷子平生第一次经历生离死别。原来死亡是灭绝，也是变造，将他变造成有难的人、有憾的人、有恨的人。从此看云不仅仅是云，听风不仅仅是风，谷子的人生再也单纯不起来，就这么不明不白地沧桑掉了。然而一切才刚刚开始。

在这之前，死也不是多么特别的事，后海人时常挂嘴上。街痞们的口头禅是"找死啊"，大人打孩子时会说"打死你"，冯母骂冯父"怎么喝不死"，冯父骂冯母"死老娘儿们"。每场台风过后，都会传来

46

有人淹死的消息。就在刚刚过去的夏天,纺织厂有个女工热死了。去年曾有人卧轨。曾有人打野兔摔下山崖,几天后才被发现,尸体已经发臭。忘记是哪个冬天了,邻居老孙全家一氧化碳中毒而死,却都面容安详……

可是这一次,死的是大元。

在惊惧、恸哭、疯呆的间隙,冯家开始还原事情的经过:半夜两点,大元已经把滩涂上的蛤蜊挖尽,绑上"高腿子",如踩高跷般往潮水的深远处走去了。也有一种说法,大元是想把滩涂上的好位置留给别人。

"高腿子"两根,约一米长,分绑左右腿。都说富贵险中求,想抓一抓地上钱,得用"高腿子"。好的时候是真好,可一旦踩入恶泥拔不出来,越挣扎越危险,终致栽倒溺毙。

大元就属于这种情况。

当时正在涨潮,滩涂上的人们开始回撤。"涨潮了,回家喽。"这应该是大元在人世听见的最后的呼唤。

以大元的水性和经验不该出现这种情况。大元是不是长期过劳而突发什么情况?就像人们猜测的那样,常年体力透支,埋下了隐患。

谷子再也无法得到答案了。

那夜月光奇美,大元被潮水吞没之前,一定披上了银缕。

大元离世之后,暴躁的冯家父母忽然软弱下去、沉郁起来,刮南风的返潮天,他们双双躺倒,不是胃痛就是头痛,甚或并不知道究竟哪里在痛。

尤其冯母,一病不起。办病退的时候,多是为了成全谷子就业,她的身体无大碍。大元的死,太突然了,冯母瞬间坍塌。灰发人送黑发人,任谁听了都不忍接受如此惨烈的现实，何况这个身在其中的母亲。

一只鱼鹰在后海上空孤旋，叫得瘆怪。众人安静下来的时候，总能听得见。紧接着，朔风开始横扫，都说天气冷得过早，霜降刚过就冷了。冯母时常哭泣，谷子上前擦拭，竟摸到一脸冰凉，不禁心头大惊，难道不应该是热泪吗？

体重从一百二十斤降到七十多斤，冯母只用了两个月。她自尊心很强，打定主意不出门，不让人看见，不联系同事和邻居，把自己封闭起来。她原以为大元的人生会如中秋月一样圆满，以为日子将这样下去，以为会在大元的婚礼上穿新衣拍全家福，并很快成为祖母。

又过去一个月，冯母开始绝食，连翻身之类简单的动作都做不成了。冯家急着送医，冯母死志已存，气若游丝地说："不去了，我要早点和大元见面。"

大元未婚妻在殡仪馆哭晕后，再没露面。她甚至不曾探望冯母。大元尸骨未寒，就传言她谈了新男友。冯家不敢相信。从前殷勤是装的？谁都知道，凭大元堂堂的仪表和品行，应该娶个厂长闺女，再不济未来岳丈也得是个厂办主任。

当初这女子倒追，情商颇高，除了送来食品厂的下脚料，还帮冯母拆洗被褥，为冯父织毛衣。久而久之人们才改了口："漂亮不能当饭吃，啧啧，还是大元找的实惠。"

对于她的后续表现，谷子曾表不满，说："这样也好，她心硬，不讲情义，我们家倒解脱了。"冯母却道："她还年轻，忘记冯家才有出路。"

在大元本该结婚的日子，也就是一九八三年元旦，冯母离开了人世。这一天，从此成为另种形式的纪念日。

冯母头七刚过，二跃受了工伤，右手被电锯截去两根手指头。养伤期间，他用那只好手把家里砸了个稀里哗啦。

二跃几乎和大元一样帅气。独独小儿麻痹症让他左腿微跛，走起路来有顿挫感。这一顿一挫，似在暗示性情的不稳定，今天自卑明天自负，常年自私，且敏感多疑。冯母在世的时候，五个儿子里面最迁就二跃，总觉得那只跛脚是为娘犯下的错。因担心条件相当的城里姑娘苛刻二跃，曾托人从渔村介绍对象，二跃心气高，一口回绝，冯母愈加不安起来。

家境突变让冯父在酒鬼的路上狂奔。以前喝酒或为排解工作劳苦，这之后，喝酒只为对抗命运的叵测。等到谷子经历了父亲的年龄，他才恍悟，父亲当年被吓傻了、击垮了，只是在儿子们那里、在众人面前不肯承认，又无更好的掩体，唯借酒壮胆、装疯、逞凶，在迷幻恍惚之中，活下去。

也是从那个时候，冯父开始将铁路上的一些废弃物拿回家。冯母的床已空,冯父将废弃物堆放其上,小至生锈的煤油信号灯,大至一块废弃枕木。

一开始,谷子以为这是要攒废品换钱,冯父却说:"人也好物也罢,哪一样不是说没了就没了,说朽了就朽了,眼前的能留则留吧。"

冯父难得这样平静说话,话里深幽,竟像个读过书的人,一时间将谷子震慑住了。

四

谷子忽然被推到最前面,成了冯家的顶梁柱、精神支撑者,同时兼顾做饭洗衣、买煤买粮、储备过冬菜蔬之类,事无巨细。

冯父被酒精浸泡着、麻痹着,消瘦,不洗澡,眼角总在发炎,状如老狗,只有越来越糟。

二跃搬去了厂宿舍,半月回家一次,情绪低迷。二跃已经不再赶海"下大抓",并且总是将右手放口袋里,包括夏天的时候。

四学在福建海岛当雷达兵,刚去的时候会往家写信,收信人是冯母或大元。大元出殡,他请假回来过一次。冯母出殡,他又请假回来一次。之后的探亲假再没回来,信也几乎不写了。

小季功课紧，已戴上近视镜，他看不惯冯父，瞧不起这个家，叛逆期早早地来了，变得沉默寡言，经常露出孤僻神色。

这个家似乎真的不对劲儿。究竟哪里不对劲儿，谷子却又说不清。

明眼人一语中的，缺女人。纺织厂那些大姐，开始热心地给谷子介绍对象，小伙儿长得多精神，又没歪歪毛病，谁嫁就是谁的福。

谷子推托不想那么快成家，诸事都没理顺，乱糟糟的，别拐带人家姑娘下水。

大姐们文化底子薄，却经了社会历练，眼尖嘴利，一旦看出谷子不同俗常，她们的热心便搁置了。

繁重劳力之余，工友们甩扑克喝大酒吹牛皮，脱光膀子吆喝破了天，谷子却皱起眉头，瞧不上这些平庸。那个时候，厂区之外，新鲜事物欻欻地往外冒,电大、夜校、倒爷、下海、万元户、迪斯科、拉达轿车……突然间,一些人的生活状态大变。

谷子内心也燃起了火,不想再重复日子。可真要做出什么改变,又难如千山万水。所谓心中有志,现实无着。谷子想上电大,翻两天技术员的考试材料,便气馁了。谷子打算摆地摊,托人搞来厂家内部处理的日用品,卖了半月就歇菜。无商业差异性,一味拼价格,谈何利润呢?除非开出长期病假,去南方跑单帮,倒腾尖货,谷子又做不到。

倒是二跃,他的决绝很有毁灭性。这个自负又自卑的二跃,这个命运不周的二跃,这个薄有小才的二跃,干了一件众叛亲离的事——与机械厂的厂医私奔了。

厂医比二跃大了整整十岁,是个白净女人。五官淡淡的,举止轻轻的,特别之处是那一把乌黑长发,用手绢绑在脑后,散发出淡淡的木香气。

据说她祖上在诸城开有几处大药房，曾是出了名的富庶人家。她读过正经医科，因家庭成分之故，毕业后进不了大医院，只能做厂医。

她丈夫是工宣队队长出身。厂医一来就被他盯上了。而厂医只求能在陌生的城市安稳下来。婚后厂医生了两个女儿，婆家不满，丈夫家暴。厂医其实一直过着与平静外表不对等的糟乱生活……

私奔发生，众人有了谈资，似乎只有说出来，才能各自安抚巨大的惊诧。据说二人去了广东。彼时私人诊所刚兴起，他们要自立门户，开始新生活。几年前，厂医娘家曾偷偷地寄给她一笔钱。这笔钱的风声婆家半点没有得到。有了钱，厂医就更决绝了，甚至对两个女儿也无留恋，只因她们长得与父亲一模一样。

三十六计走为上。厂医了解婆家德行，没什么好交涉的，打了草惊了蛇，一辈子都不会再有未来。二跃也决定认领不归路，因为他非常明白，留在原来的生活中，他的爱情是不会得到准许与祝福的。

事发后，那丈夫带壮汉找上了门，气势汹汹。谷子从小有体育专长，又练过拳击，纵来者不善，也不是他的对手——但二跃有错，谷子铁定了心，不还手。

左脸挨一巴掌，谷子笑笑说："要不要把右脸也给你？"右脸又挨一巴掌，那帮人还没有消停的意思，出于防御本能，谷子拉开了架势。

冯父一直坐在桌前，头顶有盏低瓦数灯，昏光笼罩，让他看起来格外阴沉。

谷子拉开架势，冯父便知不好，任谁的一巴掌打在谷子的铁拳上都会骨折，到时候，事态就变了。冯父赶忙制止："给我放下！"

来者未必敢动真格，嘴上却骂得难听，目的只一个，激怒谷子。

忽然间，冯父拿起桌上的老白干，迎头砸了自己。

由于无可指摘的准确，酒瓶肚子在坚硬的额骨右上方碎裂，玻璃碴子纷飞。冯父登时血流满面，血腥气伴随着劣质酒香气四散开来。冯父沧桑之声仿佛后海低吼的北风："教子无方，老脸不要也罢！"

众人全都傻了眼。

围观者越来越多，邻居都站在冯家这边。有的说："老冯有个三长两短，你跑了老婆还得再坐牢。"有的说："自家事管不好，冲着别人耍什么横。"有的说："还不赶快送医……"

寻衅报仇者见势不妙，骂咧咧地走了。

谷子找来一条毛巾给冯父包扎。小季下晚自习回来，被狼藉场面惊呆。谷子说："愣着干什么？"随后二人架起冯父就往医院去。

一路上冯父都在叨念："可惜了我的酒，可惜了我的酒。"

冯父缝了七针，外加轻微脑震荡。医嘱卧床休息一周。

父子三人，再回到家，已半夜。小季沉默不语，冯父唉声叹气。

谷子催促他们睡下，自己却睡意全无，胸口堵得难受，心发焦。收拾完玻璃碴子，顺势做起大扫除，想赶走晦气。他钻到犄角旮旯把陈年老灰都扫净了，又将几件家具擦拭得木筋清晰。谷子发现，冯母的空床上，与铁路有关的废弃物件又被冯父塞满了两麻袋。

不知不觉已凌晨四点,再过一个小时,就要上早班去,索性不睡了,枯坐窗前,看天光渐渐放亮,各种声音细碎密匝,无远无近地困倦,终于一片混沌。

谷子知道,二跃是个读书的料,却没赶上好时候。去年二跃考电大,把复习材料过一遍,就考上了。不像谷子,谷子见铅字头痛,从课本、书籍到车间设备手册,都远远躲着。

二跃还写一手好字,画画属无师自通,小学五年级就能把《西游记》小人书临摹到八成像。就业一年后,二跃才华渐显,开始参与厂里的黑板报。当时传媒不发达,报纸有限,工人们要看新鲜事,主要靠黑板报。加之领导也重视,各厂的黑板报是文化门面,市里经常组织比赛。

二跃与两个工会干事各有分工。哪一期特别好看,工人们不看署名,便知出自冯跃海之手。他曾将舒婷的《致橡树》抄写在黑板报上，楷书俊逸，配图生动，班前工后轰动一时。

二跃梦想着能从车间调到工会。却又谈何容易。个中微妙关系，不是短时间能打通的。工会主席看好二跃，想让他参与厂报筹备，最后却是副厂长把亲戚塞过来，顶了二跃的位置。

二跃为此愤懑，生产线上走神，最终丢掉两根手指头。

谷子感觉自己把事情的来龙去脉理顺了——二跃工伤，与厂医的接触多起来。起初只是医患关系，后来就起了微妙变化。二人原本都是自负又自卑的，惺惺相惜，一日千里，不是没有可能。

关于二跃私奔一事，谷子没有写信告诉四学。谷子想，既然四学和这个家疏远，那就疏远吧，这个家的确不是那么让人爱。

没拆线冯父就喝上了，谷子劝也没用。冯母都没管好的事情，做儿子的更无把握。不过，谷子知道，冯父应该是被思念所困。有好几次，冯父捧着冯母的照片偷哭，甲胄之下竟也藏着温柔。

谷子佯装不见，内心却对婚姻多了一层理解。谷子想，把父母终生连接在一起的，是某种比爱情更牢固的关系，这种关系的稳定替代了爱情的安慰。

冯父身体每况愈下，尽管这是冯父不肯承认的现实。"熬到六十岁退休没有问题。"冯父说。每当出现不适症状，气短、胸闷、背痛、手麻，冯父都会这么说。

冯父五十七岁生日当天，谷子用蛤蜊芸豆鸡蛋做卤，拍了蒜泥黄瓜，炸了花生米，买了只美林烤鸡。家里只剩冯父、谷子和小季。三人坐定，冯父忽然苦笑一声，说："这张桌子再也不嫌挤。"谷子听了心里难受。哪怕是最亲的人，走着走着就走散了，只是没想到这么快。这几句话，谷子咽了回去，说出口的是："爸，喝酒。"

谷子特意买了瓶老白干。冯父平时多打散酒，只过年过节才舍得喝瓶装。小季吃完饭去学校上晚自习，剩下谷子和父亲，一斤装的老白干很快见底。出了一遭遭事，父子间的关系倒是在极大地好转，甚至可以坐下来说说话了。

冯父讲了冯家的过去，他的父亲，谷子的祖父。这一晚的冯父，话锋之密集，能盖过一生。

谷子觉得祖父并没有死。这或许跟父亲活着有关，谷子想。父亲在喝酒，就像是父亲的父亲在喝酒。父亲醉意泛起，仿佛祖父正醺醺然。后来父亲的声音越来越小，终于醉倒了，这个时候谷子才觉得祖父真正死去了。

通过讲述，谷子才第一次串起父亲与铁路之

间的缘分。冯父说:"一九四二年春天,我刚满十六岁,随族亲闯码头,通过一个日本翻译介绍,花四十块'袁大头'买了一张试卷,考进了日本人占领的胶济铁路。从擦火车做起,凭年轻力壮干活儿踏实,一年后开始看锅炉,再一年便考上了司炉。"

"一个装上水的蒸汽机头足有两百吨,驾驶着这么个大家伙,嘿,那感觉。"

冯父眯起眼,脸上浮动的表情,并非得意,而是一种羡慕,好似整晚讲的都是别人的故事。

谷子由此得知,司机、副司机、司炉三人合一,相互配合,在火车头上缺一不可。汽笛长鸣处,白色蒸汽带来的画面壮观而神秘,冯父当年也曾勇猛无比。

可是,冯父后来还是做了巡道工。"到底因为什么?"谷子问。放到以前,谷子是不敢问的。这件事情家里没人敢提起。

"说起来话就长了。中华人民共和国成立前你爷爷做过保长。其实都是为了养家糊口。你爷爷可从没干昧良心的事,不打人,清清白白,但后来还是进了'学习班',没三个月因高血压爆了管子,脑梗死了。我去理论,动了手,受了处分,最后调离'火车头'。

"事已至此,窝囊也没用,你们一个个地出生了,我也得养家糊口啊……当年,我在暴雨中巡道,巡着巡着,发现前有塌方,铁路线被埋,十万火急!我向火车来的方向跑,跌倒爬起来再跑,流血了也不知道……最后火车紧急制动,我挽救了国家财产和百姓生命,得到上面嘉奖,工资加一档,嘿嘿。"

冯父生命中的最后半年,记忆力开始丢失,几乎忘记了那些不幸和遗憾。忘记是从忘记一颗废弃道钉或一块残缺的标识板开始的。冯父抚摸着那些宝贝废弃物，再也记不起它们的专业名称。

最后，冯父同样死于脑梗，他熬到了退休，也熬完了人生。

在殡仪馆，冯父已完全变样——与谷子童少时代脑海里最初留下的可靠记忆中的冯父，千差万别。最初的冯父，块头很大，肩膀又宽又厚，身体结实如牛，脸色紫红紫红的，眉毛很浓，不是两道，是两丛。

都说孩子悬在父母头上，一个孩子一把刀。大元死，带走了冯母；二跃跑，带走了冯父。谷子害怕起来，挡土墙和防浪堤倒了，生死之间变得了了然。

有时候，谷子又觉得他们都活着。

因为有人想念便可以活着。

谷子始终记得，八月的晚风吹过拦浪堤，空气温热而黏稠。后海的夏夜总是百无聊赖。男人们光着膀子,在路灯下打扑克。冯父也在里面,已经杀红了眼。冯母衣衫不整,穿着四分五裂的塑料拖鞋,正在百米开外的西瓜摊上讨价还价。

五

进入二十世纪九十年代,后海工厂开始大面积停产,焦虑的气息笼罩下来,低低地压着。

谷子本想在三十岁生日这天好好哭一场的。三十岁只能让他感到害怕。后海坊间有话,"男怕三十,女怕十八",家没成,业没立,怎会不怕?谷子想好了,把自己灌醉再哭,借酒浇愁或借酒发疯,都不至于失去成年人应有的尊严。

裂变之痛很快将这些淹没了,就像浪潮淹没每一滴水珠。人人都在着急,都在自觉或不自觉地滑向充满着困惑、混乱与无限可能的市场之海。

厂里有头面的,张口谈论的必是什么体制改革、企业改制,什么薪资减半、停薪留职。工人们越发不安,都说饭碗变了,铁的变成瓷的。这当口,中年人最局促,他们五十天命,父母或许缠绵于病榻,叛逆的儿子或许正光着膀子露出文身。新行业在崛起,却苦于学历、技能、年龄的限制,都是抓不住的机会。

有人疲于奔波,有人潦倒惨淡,大部分人能做的就是摆摊、卖菜、维修,推着流动早餐车立于北风中……前后左右这么一看,谷子觉得自己没权利怕,痛也不行,得想办法。

一九九一年春天,谷子停薪留职离开后海,投奔的是当年少年体校游泳队的"刺鲅"。刺鲅这个外号至少说明了两重意思,一来游泳速度快,二来行事有个性。谷子被少年体校淘汰,刺鲅则一路苦练,过关斩将,直练进国家青年队,在全国锦标赛上拿下金牌,退役后到航校做了教练。当然,刺鲅不甘心只做教练,搞了条二手快艇,托关系办下营运证,以谷子的名义做起海上观光旅游。刺鲅跟谷子说："你来管理,赚了钱三七分。"

所谓管理,其实是谷子自己管自己,既要揽生意,又要载客游览,日常维护也都在日程上。快艇泊浴场周边,无现成码头,谷子经常背客上下,十足辛苦。

日晒风吹倒也罢了,最狼狈的是雨天,别人都往屋里跑,谷子得往海边跑——那个年代的快艇没有排水阀,需人工排水,否则就会下沉。

谷子自知无退路了,唯苦中作乐,如此,倒也真的乐和许多。

当快艇疾驰,剪开海面,无尽的蓝像绸缎一样包裹上来,谷子腋下仿佛生出了翅膀。风里总是清新,夹杂着不知名的花香,绝无后海的化工味道。谷子喜欢把快艇开到飞起,听女游客夸张地尖叫,任水幕斜挂,在阳光下幻出七彩,像一道道彩虹雾障。

五月到十月都是旺季，谷子持续暴露户外，晒到黑里冒油，被大自然腌制了一般。刺鲅在浴场借了半间更衣室，供谷子暂住，实为满足游客看海上日出日落之愿望，不然每天前海后海往返，谷子要在公交车上耗去两三个小时，也是耽误赚钱的。

　　游客天南地北，口音芜杂，南方人说话尤其难懂，谷子却无端地生出好感。他与他们聊南方的天气，还有日常习俗，越是听不懂越要聊，只因心里牵挂着陌生的南方——四学在福建当兵，小季在南京上大学，偶有书信往来；二跃走得不光彩，一去不返，也不知在广东过得怎样。

　　冬至以后，生意进入休眠期。谷子将快艇拖上岸，打专用蜡，刷防污漆，等开春再战。回到后海的家，灰尘已落了几层，蛛网结在墙角，都是久不住人所致。

　　谷子蓦地伤感起来。

从前那个拥挤的家,那个混合着汗臭与脚臭的家,混合着劣质酒气的家,混合着后海特有的锈铁味道的家,已空空荡荡。

赶在小季放寒假之前,谷子决定收拾收拾,有个家的样子。他刷墙,漆地板。窗帘也换了,床单、被罩都是新的。搞海上观光游比在工厂上班多赚不少,谷子想让小季高兴,又给他买了件时兴的面包服、一个新款拉杆行李箱。

小季回到家,大叫什么情况,笑得很夸张。谷子带他去老字号,逐个吃将起来。小季调侃谷子发财了,谷子说以后会的。

小季没干过体力活儿,肱二头肌不发达,性格也内向。但他从小读书好,闷声不响,自有主张,让人不敢小看。

现在,小季已长出斯文气质,健谈开朗,眼神像被点亮了一样。小季打算考研。谷子说:"你只要能考上，我就能供下来。"小季认为可以半工半读，加上补贴，谷子不用再寄生活费了。

兄弟二人忽生相依为命之感——这感觉，到了除夕尤为强烈。

除夕大早，二人出门，给父母和大元上坟，拔草添土，请回家。路上铺着白霜，好像昨夜被人细细地撒过盐。那些大烟囱都静默了，在高处挂几朵愁云，似也积着泪。

下午包饺子，小季打下手。谷子包得不好看，馅料却讲究，猪肉白菜木耳和韭菜虾仁鸡蛋，荤素齐全，就像冯母在世时那样。

天黑前，放两挂小钢炮，摆供上香。兄弟二人端起酒杯。谷子祝小季心想事成，小季要谷子早日给他找个嫂子。谷子一怔，随即点头称是。

二人一起守岁。炉火上烤着花生和栗子，毕剥作响。谷子沏了壶茉莉花茶，并嘲笑自己老了，以前这可是父亲的专利。

后来他们说到四学。"大年初一，雷达站会举行升国旗仪式。"谷子说。"不知道四哥下次什么时候回来。"小季说。

当兵三年，四学请假回来三次，都是出殡。送走冯父的第二天，四学就返程了。半月后寄来一封信，信中说自己已转为技术兵种，将继续驻守海岛，复员转业遥遥无期。之后，四学便把探亲假让给其他战友了，一连五六年没回来。

四学参军那年十九岁，到东海舰队当雷达兵，驻守的小岛只有零点三平方公里，四周都是潮水声，夜里吵得睡不着。即使在后海边长大，四学仍难以适应。岛上没有自来水，用水全部来自降雨和地表渗水。岛上各处放着储水的塑料桶，遇上旱季，很长时间才能接满一桶……四学曾在信中说："小岛孤悬海上，日子是重复的。"

后来小季睡着了。谷子听见窗外的爆竹声零零星星，响到天亮。

一九九三年夏天，三个台风先后过境岛城外围，带来疾风骤雨和大浪。快艇游览全部叫停，浴场关闭。警戒线始终没有撤下。旺季赚大钱的计划落了空。刺鲅将烟屁股狠狠地摔在地上，嘴里骂着鬼天气，丧门星。

谁也没料到，更猛烈的秋台风正在路上。

秋台风都是狠角色。大海好像忽然被某种邪恶力量控制了，黑浪如铁般坚硬，一次比一次更用力地砍向陆地，将防浪堤冲垮，将观光亭卷走。废墟上堆起肮脏的灰色泡沫，似数只怪兽在不停呕吐。黑浪甚至涌进了更衣室，谷子栖身之处一片狼藉。快艇总算是安全的，提早搬去了高地。

七月八月连续不进账，谷子焦躁不安。幸好，小季暑期在南京打三份零工，赚出了下半年生活费，不然谷子得跟刺鲅借钱汇去。

小季好，谷子就好，守着大海能活命——台风将各种小海货打上岸，谷子躬身逆风，连滚带爬地捡来蒸了当饭吃。他自是经验丰富，台风天不能顺着风向，否则极易被吹到海里去。

谷子甚至不忘挑出大个头虾蟹，给刺鲅送去一盆。刺鲅揶揄："行，兄弟，老天爷爱你，饿不死。"

刺鲅有所不知，对于谷子来说，比胃囊更饿的是内心——内心总有空落感。

回更衣室的路上，谷子好像又被打回了原形，那个在后海厂区游走的少年，风雨中越加仓皇，火车进出时的凄厉嘶叫再次响起。除此之外，急雨砸在脸上身上，眼睛生疼睁不开，他全无知觉。

谷子很想念大漠。几乎在他离开后海的同一时间，大漠被省拳击队请去做了编外教练。谷子给大漠饯行,徒弟几个轮番敬酒,说感激的话。场面热络之时,谷子心里却不好受。大漠一走,后海就没有亲人了。

这些年,大漠亦兄亦父,更是精神上的导师。大漠曾经送给谷子几本俄罗斯文学名著,嘱工余时间多读书,谷子哪里看得进去。大漠并未强求,只是说:"你不喜看书,也罢,记住'万事归于善'便好。"

道理谷子都懂。大漠所说的"善",更含着"忍"。心字头上一把刀。从眼前讲,谷子须忍过这场凶猛的台风。向四周望,他得忍过计划经济向市场经济过渡的阵痛;往远处看,不知以后遇到什么,只要活着,该受的屈,都得忍。

风在撕碎一切。云头似兽,分明露出了獠牙和血口。谷子却不躲不避,歪歪斜斜地任其抽打。他似乎想明白了,又似乎只管豁出去,要亲身体验一下最坏的结果,直到内心升起某种悲壮。

秋台风过后,市政部门忙于清理和重建,赶在国庆节前夕,终于平复如初。

谷子就近加入施工队,给人家扛活儿,做满一个月,赚来的钱买回二手材料,自己焊接了烧烤炉子和架子,打算白日做完海上游览生意,晚上摆摊儿卖小吃。

众人谈论起台风仍唏嘘不已。一边为震山撼岳之势后怕,一边为那些殒命的人摇头叹息。还好的是,节日来了。

节庆气氛能掩饰伤痛。阳光金子般响亮。老天爷或许在为不久前的坏脾气道歉,一早一晚会送来胭脂彩霞。气温始终维持在十八九摄氏度,小风温柔。持续到十一月中旬,都是这样。好天气就意味着游客不断,旺季延长,海边的生意人高兴坏了。

那个时候,围绕着浴场周边,做快艇游览生意的共有三家。谷子先来的,半年后已晒成一尊黑炭,加之体格壮硕,水性奇好,另两家一打听,只道是后海人野,浑不凛,惹不起。

没承想,谷子主动递烟,并乐于分享经验,诸事搭把手,一副侠肝义胆。只是末了,话都夯在实处。"各位弟兄,咱们看天吃饭,价格都是公开的,谁也别哄抬。宰客更要不得,名声坏了,谁也不会好过。"

"当然当然,"另两家点头称是。如此这般,便友好相处起来,从未出现过抢客现象。

刺鲅听说后,很不高兴,见了谷子直摇头:"有病吧你?买卖不竞争还叫买卖?你是开山鼻祖,有定价权,他们得听你的。再者,你是专业队出身,快艇翻了能把人救上来,就凭这点也应该提价百分之二十。"

"他们的快艇翻了,我照样会去救!"

谷子一句话把刺鲅噎住了。"我在说价钱!"刺鲅吼。

"我也在说价钱。"谷子不弱,"能救人不算优势。我能救自己的游客,也能救他们的。谁会见死不救呢? 所以,没法提价。"

刺鲅甩掉烟屁股,气哼哼地走了。走出去没几步, 又扔回来一句话:"总之钱不能少挣,我等着分。"谷子回:"少不了你的。"

除去快艇生意,浴场周边还有卖吃食的,比如卖苞米的女人,从农村嫁到城里,没有工作,嫁的又是残疾人或鳏夫,总得想办法贴补家计。

凌晨四五点,她们先到农贸市场批发一麻袋苞米,回家煮熟,等到九点钟沙滩上客了,开始兜售。

运气好,下午三点卖完,她们高高兴兴回家。运气不好,天快黑了还剩一半,她们便哭丧着脸,坐在路灯下,啃苞米,彼此诉苦。最倒霉的是碰到叫作"浴场管理处"的男人,会没收她们的苞米和箱子,凶巴巴地驱赶。

　　卖贝壳的女人与卖苞米的命运相似,除了年轻些。脖子上挂着几十条项链,两只手腕也挂满了,卖贝壳的女人好像移动展台。有一个化浓妆的,嘴唇猩红、眼圈荧绿,用东北口音侉侉地叫卖:"贝壳项链,旅游纪念。"

　　"浴场管理处"不会驱赶她,不但不驱赶,还时常打情骂俏。人人都看在眼里。谷子听说,他俩有奸情,在沙滩上。那些传言把细节抠得很细,说他们专找月黑风高之夜,大满潮,沙滩无人,这个东北女随着风声潮声浪叫。

六

谷子也卖起了吃食。食材无成本，都是捞上来的当流海货。

住在更衣室，低头抬头都是大海，而大海可以提供什么，谷子再清楚不过。他追着"潮脚"挖蛤蜊和蛏，用鸡肠子钓螃蟹和鳗鳞鱼。等收了快艇生意，天擦黑，现烤现卖。

游客从快艇上下来，与谷子的关系已经被海风催熟，再围坐于折叠小桌前，都是自然而然的事情——他们发现这个小老板着实热情、爽快，值得信赖。

谷子烤各种贝类。贝类肉质细腻爽滑，闭壳肌部分颇有咬劲。配料有麻辣、蒜蓉两种，融于贝类本身的汤汁，一个"鲜"字几乎要把黑夜照亮，众人咋噏到忘了身家。

烤着烤着，谷子会有所恍惚，多年前在后海野滩上，他和大元、二跃赶完夜海，常用燃烧的乙炔烤海货，焦香之气弥漫了整个后海。

春秋两汛，谷子穿着帅气的水胶裤，踏着没过大腿的潮水，打出旋网，青板鱼就扑棱棱地来了。这鱼永远长不大，一般体长二十至四十厘米，或者说，还没等长大已落入鲅鱼腹——作为鲅鱼的上好食物，青板鱼来了，鲅鱼也会追赶着来。

秋天的青板丰腴多脂，却也多细刺，不适宜红烧、清炖、白蒸，用来烧烤再合适不过。逢大汛，每天能捞上五六十斤，谷子就甜晒保存。

风越来越大，越来越剔透，两天就能把鱼吹晒成半干。烤时，全程无油，也能吱吱冒油泡，烘至焦褐，外表内里一酥到底。

倒也奇，谷子自制的简易烤炉和烤架，烤什么都入味。带着炭气的焦香飘出许远，任谁闻见都是欲罢不能。寻味而来的，亦常有。日子一久，竟多出几分神秘色彩。都说浴场有个谷子，会玩会吃，人品也正，一副热心肠。

谷子的好生意，让"杀街"那帮人眼红，拉起了仇恨。

那帮人亦是浴场周边卖吃食起家。帐篷底下，支开桌子，卖原汁蛤蜊和海凉粉，卖鱼丸汤和馄饨。幕后老板都是妄想暴富的聪明人，骑着大摩托来去如风。守店的有混混儿，也有监狱释放人员，脸上带疤，臂上文青龙。"浴场管理处"向来睁一只眼闭一只眼，他是欺软怕硬的孬种。

随着摊位不断扩充，吃食的花样也在增多，很快气候渐成，升级为小吃街。当时海边几无饭店，外地人要的是潮水味，本地人要的是某种体面，生意因此红火起来。

没承想，只半年工夫，小吃街因宰客忒狠，成了"杀街"。一条活鱼，动辄一两百元，比普通人的月平均工资还高。海货只标注"时价"二字，为的是看人下菜碟儿，欺生尤烈。外地人吃着吃着，忽觉有诈，却为时已晚，看店的多凶相，人生地不熟，谁想给自己找麻烦？吃下哑巴亏，过后骂娘解解恨而已。

唯独谷子的烧烤炉上，价格实诚，场面祥和。烤出来的面包鱼比"杀街"便宜七成。贝类就更便宜了，相比之下，跟不要钱似的。这些消息很快传到了"杀街"。幕后老板跟手下说："去看看，那个迷汉到底会不会算账？"

话音落地，五个混混儿就来了，皆膀大腰圆。

谷子不想打架。一则他不想给刺鲅添麻烦；二则他想好生赚钱，格外珍惜在前海谋生的机会。可混混儿说话难听,让谷子滚回后海,不然就打断腿。

谷子强压着火:"诸位有话好好说。我卖得便宜,不是为了挤对谁,只因成本低,利润也少。我自己捕、自己烤,小打小闹,小毛小利,不贪心,也就不亏心。"

"少废话!滚还是不滚?"混混儿们上来就砸烧烤用具。

谷子说:"且慢,诸位应该也是走江湖的,砸烂我家当,砸断我的腿,你们名声不好听。要不咱们比画比画?若能让我告饶,立马滚蛋。"

混混儿们不知深浅,胡乱大笑,只道天底下还有人乐意找打。

在夜色笼罩的沙滩上,谷子潇洒地滑步,似踏着咚咚鼓点。左直拳用于引诱及扰乱,紧接着右直拳重创,几组散打拳击,将混混儿们逐个儿打翻。

混混儿们爬起来，单挑不行，就一窝蜂往上冲。谷子仍潇洒地滑步，脚下鼓点密集许多，只见直拳迅猛，防守巧妙，绊摔利落。精彩的细节莫过于以左脚为轴，右后转体一百八十度，右脚上步至对方两脚后，成马步，左手变立掌推右拳，用右肘猛击对方后腰，趁对方身体后仰之机，谷子以右手锁喉。

也不过五六个回合，混混儿们全都躺在沙滩上起不来了。

谷子自是有数的，倒了就倒了，不会出事。谷子想要的结果是制服，而非打伤。整个过程，他眼前浮动的，竟都是多年前大漠在后海钢厂教训莽汉的画面。

谷子对自己的表现很满意。

明的不行，他们只能来阴的。"杀街"上道行深，谁人不知。

翌日傍晚,谷子刚收了快艇,刺鲅就出现在更衣室,黑着脸。

谷子便知事情不简单。

原来领导找刺鲅谈过话。外面有传,刺鲅与人合伙搞海上观光游览。领导说公职人员做生意,轻则处分,重则开除。领导还暗示刺鲅已列入培养梯队,应加倍努力才是。

谷子点点头:"听懂了,'杀街'的杂碎背后捅你刀子。"

刺鲅闷声低吼道:"千万咬死,快艇是你一个人的生意。就你一个人!另外,从今往后,收起那些破烂烧烤,不然他们会弄死我。"

谷子无任何犹疑——"行,照你说的办。"

依谷子个性,定会杠到底。但现在必须保全刺鲅。刺鲅上有老母下有小儿,蓄妻养子的当口,顶真不起。况且刺鲅正等提拔,要进步。

临走,刺鲅又啰唆了几句:"知道谁干的吗?就是那个开桑塔纳的官少爷,仗着老子权势,在'杀街'揸下好几个门面,把生猛海货养在玻璃缸里,鱼虾王八,上下游动,号称小水族馆⋯⋯这贼子太嚣张!"

一切算是消停下来。就着晚日的血色,谷子一个人在沙滩上,谁也不看,静静的,像一块石头。

潮水来了,谷子便会忘掉这些肮脏事。他在更衣室顶上晒鱼,时间一到,拿去集市卖掉。人人夸鱼晒得好,他会毫不吝啬地分享经验——晒到七成,拿到海里透一透,再接着晒,才会口感哏悠,不至于干硬发死。

春也去,秋也去,冬天便来了,又是一年将尽。谷子把快艇抬上岸,保养妥当。小季信中说,春节不回家了,留校复习,正月初八研究生开考。谷子给小季寄去一大包干海货,电汇了一千块钱。

原本决定大雪节气过了回后海。结果，大雪这天发生的事情，参与构建了谷子的后半生。

大雪无雪。天从早晨开始就阴沉着，云层越来越厚。海也是灰的。

到了下午，北风升级，白浪翻卷着撞向拦浪堤。谷子爬上更衣室平顶，收起最后一批晒鱼，呆望着前海湾。再来就是明年春天了，他摇摇头，时间太快，不扛混。

风声潮声混响之时，整个世界都是空的。可是，有个"红点"闯进了谷子的视线，正在拦浪堤上移动。

细看，应是个穿红色面包服的女人。谷子不能相信自己的眼睛。疯了吗？"红点"根本不躲浪头。

"红点"简直就是不要命了。谷子喊破嗓子也无反应。正打算去把这个死活没数的拽走，谁承想，一排大浪过来，水沫飞溅处，"红点"已经不见了。

离岸二三十米的地方，"红点"起起伏伏，再来浪峰，肯定就吞了。谷子从更衣室顶跳下，拎起救生圈，飞奔而去，同时大喊"救命啊，来人啊。"

到了拦浪堤，谷子将救生圈狠狠掷出，一猛子扎进去之前，先用十秒钟脱掉了衣服和鞋——穿衣服下水，等于全身绑满沙袋。

"红点"已被浪头打晕，某种意义上降低了救生难度。最怕徒然挣扎的，会把救人的一起拖入海底，这种事情不是没发生过。

谷子曾在游泳队学过专业救护，侧游拖带和反蛙泳拖带交替使用，拼全力让"红点"的口鼻露出水面。救生圈也帮了大忙。岸上闻声赶来的两个人一起拖拽着，最后总算上了岸。

十二月的海水不至于刺骨，人被浸泡后，却禁不住岸上的北风,直吹得牙齿打战,瞬间失温。谷子顾不得这些,给"红点"做起紧急处理,排除肺部积水,清理口中异物,口对口进行人工呼吸。

当时"110"刚创立半年,市民心中还没形成概念,移动通信更无从谈起。在找到公用电话亭报警和直接去医院之间,谷子毫不犹豫地选择了后者——后者抢时间,救命要紧。

垫付了医疗费,"红点"被推进急诊室,谷子这才想起打电话报警。

警察来了,让说说情况。谷子说:"姑娘掉海里,我把她捞了上来。她应该不想自杀,只是在岸边溜达溜达,可浪太大,一下子被卷了进去。"

警察让谷子去所里做笔录。

谷子说:"把她一个人扔在这里不合适吧?等她醒来,问清楚了,通知家属,我再跟你走,行不行?"

警察看谷子浑身透湿,脸色都变了,便提醒谷子通知家人,送件衣服过来。

谷子不想节外生枝,说些孤家寡人之类的话,只好给刺鲅打了个电话。刺鲅说要等到下班以后。

"红点"苏醒,发起了高烧,确诊吸入性肺炎。天黑之前,她的父亲和姐姐张皇地来了。看上去,应该是个知识分子家庭——父亲瘦嶙嶙的,戴黑框眼镜,礼貌和气,却也有种不易接近的清高;姐姐在极力克制情绪,压低声音说话。

谷子呆立一旁。在海里拼命的时候,他恍然看见了另一张脸,只因情况紧急,容不得多想。现在,他终于可以确定,并且为此惊异,"红点"的五官简直就是曲小莉的复刻——只不过,曲小莉多出的妩媚,到她这里变成了清雅。

似有一股暖风,吹过脊背、脖颈和后脑,直吹进谷子的心魂,湿衣贴身的寒凉一并消失了。少年谷子所不解的,现在,老青年谷子终于弄明白了,曲小莉在他心里既不对接欲望,也非暗恋,而是一种温柔,带着忧伤的温柔。

这个时候,刺鲅来送衣服,一脸不解与不耐烦。谷子懒得解释,匆匆换上,跟着警察走了。

第二天上午,"红点"姐姐从派出所打听到更衣室位置,找谷子还医药费,同时带了礼品。她自称姓叶,在电业局工作。见谷子手上缠着纱布,脸上也有伤痕,歉意更重了。

谷子说:"我皮糙肉厚,不打紧。你妹妹好些了吗?"

"红点"姐姐说要住院一周,自家妹妹任性惯了。刚说两句,又不落痕迹地收住了,话题再次回到感谢上。

谷子转身装了一袋子甜晒鱼。姐姐当然推辞。谷子说:"你的我收下,我的你也应该收下,都不见外……哦,我叫冯谷海,后海人士。"

姐姐笑了笑,在派出所已得知。

谷子是在两天以后去医院看望"红点"的。

那是冬日里独有的晴好天气,干燥、清洌、开阔。天空一蓝到底。梧桐树的秃枝上,挂着一些梧桐果,已失去了水分,点点缀缀,荡荡悠悠,颇有童话感。

轻推开病房的门,谷子看见冬阳漫洒于西窗,到处都白得耀眼。她的病床在靠窗位置。谷子逆着光走过去,她正好在光圈里,似有一种绝望气息,严密地包裹着她。

谷子迅速扫了一眼床头卡上的信息——姓名叶简兮,年龄二十六岁。

开口之前,谷子越加局促和紧张。

"你好小叶。感觉好点了吗?"

病房里很静,还有几个病人在休息,谷子不敢大声。

叶简兮缓缓回头,看了一眼谷子,面无表情,又转向窗外,好似不识眼前的救命恩人。

谷子不知该如何自处了,备好的宽慰话已经忘记。他尴尬地笑着,将礼物摆上床头柜。时兴的黄桃罐头,还有红宝石一样的苹果,大小均匀,带着浓郁甜香,显然是精挑细选的。

最后,谷子拿出一只硕大的海螺壳,足有巴掌那么大,里面植了佛甲草,密而齐整,莹绿如翠。谷子说:"佛甲草特别好养,不怕冷不怕热,水多水少都无所谓,到了春天能开花呢,是黄色的小花。"

谷子还想解释大海螺是自己深潜时的意外收获,又觉多说不妥,只道:"小叶放心,很快会好的,需要我做什么,让你姐招呼声。"

这个时候,叶简兮才缓缓转过头,声音极其虚弱,语气却极其坚定:"你为什么要多管闲事?"

谷子一时语塞,支吾着:"这个问题以后回答……现在……好好休息,早日康复。"

出了病房的门,谷子在走廊里坐了一会儿。救人的时候,他并不知道叶简兮与曲小莉长得像。这些年他没忘记曲小莉,但也不再想起。离开后海之前,当年的班花曾来找过他,伊嫁人又离婚,似乎都在匆忙之间,饶是如此,少妇风姿仍具有侵略性。那晚月色如洗,二人赤诚相对,谷子抚摸着她的美妙胴体,像抚摸着一去不返的青少时光。

班花希望谷子可以接盘。谷子对班花亦有好感,愿意在其生活里扮演不可缺少的男性角色,分担着帮衬着。但谷子自觉前程未卜,尚无养家糊口之能力,就说先去前海干几年,有了眉目也不迟。

班花还是急了。这可以理解。女人的花好月圆就那么几年,班花得将自己及时出手,只怕时日一长,打了折扣。追求者不少,花心的小老板、油腻的小领导,班花都看不上,只爱谷子的帅气和正气。可谷子又让她恨。她不傻,找谷子哭闹两场,就此作别。

谷子变成了老青年。刺皴嘲讽他高不成低不就,谷子没争辩。有什么好争辩的,事实如此。曾有一个在浴场卖玉米的小媳妇,模样俊俏,见谷子常年住更衣室,卖完玉米会来聊几句,喝口热水,后来主动帮谷子洗了几次衣服。谷子不想欠情,包下她卖不掉的玉米,连吃了三天。小媳妇欢喜,说自家妹妹二十岁,水灵灵的,高中毕业在镇邮局工作,你若娶来,咱们就成亲戚了。

谷子哈哈尴笑,说:"自己只有初中毕业,这把年纪了仍一无所成,岂不是害了人家小姑娘?"

诸如此类的事情还有好几件,在此不必赘述。总之,直到救下叶简兮,谷子方才明白,他一直在寻找内心的温柔,就像寻找月亮抖落的锦缎。都怪曲小莉,让他开张没开好。其实又怪不得,人家根本不知道他的存在。要怪就怪心性至此,无奈何。

走出医院大门,迎头碰见了叶家姐姐,她锁着眉,疲态尽显,手上拎着大包小包。谷子问过才知,她公公也在这里住院,癌症晚期。

谷子说:"小叶出院时我可以来帮忙。"

叶家姐姐打量着谷子,不动声色。谷子高大、周正,有气力,尤其对妹妹的事这么上心——当然,她已经看出来,不是上心那么简单。

叶家姐姐早已分身乏术。丈夫是远洋船员,一年有大半年不知漂在哪个大洋。孩子幼小。母亲病逝。父亲孤冷。公公绝症。婆婆一直住在省城女儿家里,身体也不好。妹妹不食人间烟火。她真的累了。于是,她悠悠出口:"三天后出院,家离这里不远,五站路。"

谷子和叶家姐姐约好,三天后,上午十点来帮忙办理出院手续,并留下了 BP 机号码。"有事随时呼我。"他说。

七

叶家住在一条倾斜的老路上。

老路不宽,从南往北渐渐抬升。两路刺槐沿地势生长,树身粗壮,虬枝交错,一看便知是上了年纪的。违章搭建把那些老洋楼的立面结构弄丢了,只有蒙砂红瓦和山墙上的装饰,仍保留着某种身份象征。

诸如此类都在谷子的成长经验之外。后海马路上最常见的是铁路道口。早年没有高架桥和隧道,道路与铁路平面交叉形成了铁路道口。值守人站在那里,火车即将通过时,挥动红旗或红灯,提醒车辆行人离开轨道。后来有了手动栏杆,值守人也是不能少的,捡煤核的妇女好像都不怕死,拉煤车隆隆地过去了，她们跟在后面小跑。

关于铁路桥洞，谷子亦记忆深刻。桥洞底下经常积水。雨季，海水顶托加周边汇水，地势低洼处能没到胸口。雨水箅子都是打开的，有一年警示护栏被冲倒，有个孩子掉了进去，寻到尸体时，已在五公里外的排水口。

前海没有这些。因处丘陵地带，有的路围着山腰，有的路开了山谷，最常见的是长而陡峭的石阶，也有盘旋上升的小胡同。凋敝感自是难逃，却也不可小觑，刺鲅早就说过，都是有故事的。

以叶家所在的院落为例——当然，这是日后谷子做了叶家女婿才获知的，房子建于一九一三年，最早是一个德国船舶机械师的花园别墅，二战后被买办资本家购入，送给了三姨太。叶家祖辈曾是三姨太的账房先生，也就传下来几间房。

两间房子在一楼，连着小院。小院七八平方

米,有一棵丁香树,亦是上了年纪的。树下散放着陶泥花盆,菊已开到败处。角落里垒着煤池子,上面还有几只花盆,盛着初冬的寂寥。

叶父退休前在黄海研究所工作,专攻海洋生物,骨子里有科学家的孤僻清高,加之经过被动或主动地改造,已经看不出喜怒。

叶简兮完成了物理意义上的康复,灵魂却是死的。她面无表情,不接话,不与任何人对接眼神。

前前后后,只叶家姐姐在张罗着。

谷子说,姐,需要我做什么,不必客气。

谷子已得知叶简兮的姐姐叫叶纯兮。说是姐姐,其实比谷子小,三十岁刚过。

叶纯兮笑了笑:"怎么好意思麻烦你呢,冯师傅,没什么事的。"说罢,自觉不自觉地朝煤池子瞅了瞅,"煤都是花钱找人送,真的没什么事,冯师傅。"

谷子马上明白了,叶家未买冬储煤。

二十世纪九十年代，全民烧煤，家家户户揣着购煤证，拉着地排车，去煤店排队购买。在这件事情上，前海后海没有区别。煤店方圆一里，黑色车辙清晰可见，众人跟赶大集似的，有的甚至全家出动。

买煤是个体力活儿，就像赶海一样，儿子永远不嫌多。从煤店拉回来，没个把力气是不行的。谷子记得当年在后海，大元曾做了一辆钢铃车——用四个轴承做轮子，固定在长方形木板上，前边有一根绳子方便拽拉。兄弟几个轮流上阵，手上都勒出了紫红杠子。

那天下午，谷子一个人拉着叶家的冬储煤，上坡下坡之间，躬身前倾与倒身后仰交替行进，不断地调整力矩以寻找平衡。

等谷子将煤搬入煤池子，弯着腰一块块码整齐，天色已完全黑尽。他热气腾腾地站在丁香树下,浑然不觉冷寒,直到叶纯兮招呼吃晚饭。

谷子婉拒。理由是浑身太脏,赶着回去换洗。

第二天傍晚,谷子又出现在叶家,背来一麻袋冬储大白菜、几条晒好的海鲈。

叶父终于放下手中的《参考消息》,抬起头,摘下老花镜,他觉得有必要仔细打量打量这位冯师傅。

谷子被请进屋里喝杯茶。是红茶,白瓷的茶盏。绝不是冯父用搪瓷缸喝了一辈子的茉莉花茶,谷子从中品出了松烟香和干果香。

这个时候,叶家的结构已经了然。进门是狭长过道,两个房间东西并置。厨房和卫生间在走廊尽头,那里有扇北窗。叶父住西间,叶简兮住东间,门一直紧紧地关闭着。

过道墙上,挂着三幅画,类属印象派油画风景写生。谷子当然不会知道这个专业术语,他只觉好看,有梦幻感,好像到了遥远的地方。画面右下角,有两幅落款"简 1988",另一幅是"白 1986"。

叶父房间陈设简单。书桌、床和衣橱,老旧里仍见匠工精细。沿墙一排书柜,存书,也存生锈的器件,细看,有罗盘、老船灯、水浮司南、船用雾号……谷子瞬间想起了自己的父亲以及父亲留在家里的几麻袋铁路废弃旧物,不免心头一凛。

除此就是海洋生物标本了,镶在框室里的,泡在福尔马林里的,甚至还有标本填充体——铅丝制成的鱼体纵剖面骨架,支撑起鱼皮,让鱼鳍舒展,口部微张,牙齿显现,眼珠替代品亦逼真。

谷子乐:"叶叔好手艺! 不知我那些海鲈算不算标本? "

话题很自然地打开了。原来他们都是赶海人,只不过,一个物质主义,一个理想主义——同一件事，没文化和有文化，差别还是蛮大的。

叶父淡泊人间，却痴迷科普，一直想把这些标本捐给水族馆。对方不要，嫌观赏性不足。没关系，不会降低他作为编外顾问的热情，继续帮着水族馆写展品条目。

是晚聊到开怀处，叶父和谷子恨不得连夜就去海边。他们从海鲈说到了石鲽。仲冬，北风三级，海面上波平浪轻，石鲽正侧躺在海底。

"小样儿，"叶父眯着眼，忽然一脸疼爱，似在提及某个相熟的幼童，"小样儿喜欢冬天，冬天水质清澈见底。冯啊，石鲽作为典型的底栖海洋鱼类，潜伏于泥沙，无大群集结和远途迁徙习性，仅在深浅水域之间做适温洄游。"

"对，对，叶叔，这货藏沙里不动弹，只露两只眼，我们后海叫它'沙板儿'。"

"小样儿，两只眼都长在右侧，体色随环境变

107

化,等猎物,也可避天敌,都是生物进化自然选择的结果。"

"对,对,叶叔,我们后海还管这货叫斗鸡眼。"

谷子和叶父,你言我语,说着同一回事,却完全不在一个频道,奇怪的是,他们照样能说下去。

叶父说:"脊椎动物中,身体左右完全不平衡的只有鲽形目鱼类。此类里有个比目鱼,来头很大,你知道吧?"

"知道,叶叔,我们后海管它叫偏口。"

接下来,叶父开始往高深里说,"比目鱼"一词,现存的古书中,最早见于《尔雅》。《尔雅》是中国第一部按义类编排的综合性辞书,训诂学的始祖,里面的《释地篇》就说到了比目鱼,原话是"东方有比目鱼焉,不比不行,其名谓之鲽"。

谷子频频点头,内心却在偷笑。相较于比目鱼的来头,谷子更愿意研究煎炸火候。这货肉质洁白，味美而肥腴，口感很是独特。

但此刻叶父需要一个忠实的听众，谷子必须做好。

叶父继续高深着，《释地篇》同时提及了五方怪异之物，包括东方比目鱼、南方比翼鸟、西方比肩兽、北方比肩民、中央枳首蛇。后人研究发现大都为传说，并非实有其物，除了比目鱼。因为缺乏科学依据，比目鱼的长相费了古人不少心思，有的比目鱼眼睛在左，有的在右，古人认定二者必为雌雄，可相互结伴，彼此贴合，有眼的一侧都朝向外部世界，以解决游动不便的问题，故而有"两片相合乃得行"之说。

叶父仍在高深着，比目鱼"合而后行"，古人认定是夫妻和睦恩爱的象征，开始为它们作诗，什么"凤凰双栖鱼比目"，什么"得成比目何辞死"……哦，对了，清代戏剧家李渔还借此寓意写了一部才子佳人的爱情故事,剧名就叫《比目鱼》。

后面这些话,谷子着实听了进去。

寒冬料峭,沙滩表层冻结,礁石亦如雪山白头。

谷子和叶父出现在海边。叶父专业高深,谷子实战丰富,二者互补,生趣猛然增多起来。尤其是沙滩与礁群接壤地带,暗礁环抱的小片泥沙地,大面积沙滩包围的孤礁周边,以及带状礁岩的间隙,让他们很少遭遇劳而无功。

叶纯兮有点吃惊,她没想到父亲这么快就接纳了谷子。父亲半生沉迷自我世界,不问多余事,怎的忽然待见起"粗人"了?叶纯兮不反感谷子,只是按照叶家一贯的认知,无论如何,谷子都会被划为没有文化的"粗人"。

谷子对妹妹叶简兮有意思——很有意思,叶

纯兮早就看出来了。妹妹的清高孤冷比父亲有过之无不及,为了爱情可以赴死,恐怕死了也不会忘记那个赵既白。

"粗人"自不量力,叶纯兮内心有个声音在偷偷地鄙夷着。

可眼下,这个"粗人"又是叶纯兮所急需的。娘家婆家,早已让她分身乏术。若抛去文化水平和后海出身不谈,其他方面,谷子也算百里挑一的好男人,相貌、心地、人品、能耐,可谓样样出众。有谷子,叶家就有好帮手,自己甚至可以全身而退了。叶纯兮盘算着是不是要帮助谷子去闯叶简兮那一关。

是日北风渐停,气温大幅回升。午后,叶简兮那扇紧闭多日的门终于打开了。她似乎是从里面飘出来的,冬阳照过去,她苍白薄软如纸片。

叶父、叶纯兮和叶纯兮的幼子,正在厨房里吃午饭。幼子四岁,名叫归航,以此呼应他那常年漂在远海的父亲。

石鲽鱼炖白菜豆腐,汤色奶白,热气蒸腾,里面放了粉丝,用白胡椒提味。旁边有一碟冬腌的豆豉咸菜,一碟油炸花生米。主食是叶纯兮蒸的馒头。叶父饭桌上历来讲究,日子再穷他也要求有个样子,一顿饭总要凑齐三个盘子,哪怕半块腐乳算一盘、一根酱瓜算一盘。叶家姐妹耳濡目染,亦是如此的。谷子则从小吃相野蛮,后海人习惯于当街扒饭,声响大得很。

"小简,好些了吗?快吃饭吧。今天的鱼真新鲜,冯师傅和爸一起钓的。"

很显然,叶纯兮试图将一切淡而化之。叶家从未承认叶简兮自杀。他们咬定那天浪头太大,她被卷了进去。谷子跟警察也是这么说的。这或许是叶家最感激谷子的地方。当然,感激也不会说破,彼此心照不宣，便是了。

出院半个月，叶简兮第一次好好吃饭。饭桌上的气氛有些不自然。叶父小心翼翼。叶纯兮故作镇静，说："学校那边已去过两次，马上期末考了，校长同意你寒假结束再上班。"

叶简兮是一所重点中学的美术老师。学校靠文理科冲击升学率，美术作为副科只限于初中部。很多时候，叶简兮像一个杂工，就像现在的美术老师要负责公众号美编、摄影、电子屏一样，二十世纪九十年代的美术老师，负责校园文化环境，包括黑板报、美术字、宣传画，开会布置主席台，文艺会演做布景。

叶简兮毕业于师范学院美术系专科，因早恋而放弃了成为文科本科生的可能。

早恋的对象就是赵既白。

赵既白属天才早成，也具备天才的所有缺

点——自私、冷血、敏感且多疑，同时野心勃勃。五岁他便能临摹徐悲鸿的马，初一开始画大卫石膏像，光影塑造感把控之精准，令老师目瞪口呆。十六岁，赵既白几乎把自己长成了大卫，高鼻深目，形体挺拔，头发自然鬈曲，墨云般浓密。加之天然忧郁，以及沉默带来的神秘感，赵既白无疑是前海老城里最靓的仔。

赵既白没有父亲。据传他是遗腹子。也有不好听的声音，说他是个野种。他住在德式老宅的阁楼上，他外公留下的房产。他母亲在前海唯一的涉外饭店做西点厨师。公私合营之前，那家饭店是他外公创办的……种种虚实不定的说法，只能让赵既白更像一个出离的玉公子。

十六岁那年初秋，赵既白和叶简兮考取了同一所高中，分属不同班级。赵既白深得美术老师喜爱，下午课后可以去美术教研室画画。美术老师跟校长保证,只要允许成立美术小组,定会为高考升学率出力,怎么说每年也要考上两三个。校长信以为真,或者说,校长认为在无须投入的前提下,允许几个学生到美术教研室画画,至少不是坏事情。

因为画画,赵既白拥有了某种特权:头发明显地长过那些男生,海风一吹,小烈马般不羁;衣服经常蹭满颜料,气息却是洁净的,不像那些满身汗臭脚臭的男生。他的眼神坚定,总是望向某个地方。如果顺着那眼神寻找,似乎是一片鱼鳞云、一个红屋顶,又似乎什么都不是。

无数少女的心被俘获了,包括叶简兮。

那个时候,叶简兮脑后吊着马尾辫,脖颈颀长,嘴角倔强。

很多人的五官要等到二十岁才渐至清朗,叶简兮不是,她没有婴儿肥的过程,一早便玲珑剔透。与少年赵既白一样,少女叶简兮亦难掩骄傲。若细看,不过一袭寻常衫裙,甚至是叶纯兮的旧衣裳,却不知为何,当她走过那趟老洋槐,若恰在五月,花期便融入了她的身体。

赵既白放学后在美术组画画,女生们皆知,唯独叶简兮敢去探个究竟,结果被美术老师喊住,请她做头像模特,让赵既白和另外两个同学围其左右,画速写画头像。就这样,赵既白在写生的过程中迷上了叶简兮——叶简兮则同时迷上了赵既白和画画。

叶简兮跟美术老师说:"我可以来做模特,前提是我也要来学画画。"

美术老师不同意。离高考只有两年半的时间,她缺乏基础,万一弄不好,美术类没戏,文化课也误了,岂不鸡飞蛋打?

这个时候,赵既白悠悠地说:"我可以帮她。"

美术老师为难了。他不能确定叶简兮有没有美术天分，但他完全可以确定叶简兮是个优异的模特。那张脸天生有故事——有故事的脸画起来才过瘾。另外，赵既白是美术老师押下的宝，作为美术组首届高考生，两年半后，赵既白的成绩就是最好的说明书。美术老师是过来人，少年少女那点情思看得明明白白，他怕赵既白分心。

一切还是不可阻挡地发生了。

叶简兮课余来美术组画画，天分不亚于赵既白。基础虽弱，造型写实欠功力，却能旁开一路，画出天真和梦幻，被美术老师赞有夏迦尔之风。她的色彩感觉极好，每一笔颜色安放在哪里，似能得到神谕。

起初叶家父母极力反对。叶简兮功课不错，日后参加文科高考胜券在握，女孩子学个文史哲，会有好出路。学画画当艺考生，只有高考无望的学渣才选此下策,这在当时是共识。

叶家父母不给钱买画具,叶简兮就赌气不吃饭,局面越来越僵,直至某晚离家出走。适逢天文大潮,大浪哗哗轰响着,叶家疯找到天亮,筋疲力尽,后来被邻居发现叶简兮独坐岬角尽头,浑身透湿。

那个时候,叶母的风湿性心脏病越发严重,正准备办住院手续,叶父已顾不上这许多,打算妥协。叶纯兮给父亲找台阶下,说:"小简有灵气,学画不失为选择。"叶父点头:"怪只怪我从小太宠她。"

青春年少样样好,说的就是叶简兮和赵既白。从此他们做伴,户外写生,背着画架行于当街,像两个世外的少侠。每当赵既白拉开架势,或潇洒地用排刷铺色,或谨慎地用小号笔刻画,其时其地其人,半脸不屑,满心虔诚,叶简兮的崇拜就会从心底轰隆隆地升起。

二人并未被荷尔蒙控制，表白也没有过早发生。都是内心清高之人，想做出个样子来，考上梦想中的美院，去艺术殿堂朝圣。非浙美不上，几乎成了赵既白的口头禅，还有什么浙江美院的雕塑系是国内老大，要到那里做中国的罗丹——口出狂言时，赵既白尚不知梦想通常是用来破碎的。

浙美雕塑系每年只招收八名新生，过程比闯独木桥还艰险。是年赵既白没能考取，但兑现了自己的承诺，他曾跟叶简兮赌气地说："如果考不上浙美，去哪里都不重要了，不如你去哪儿，我去哪儿。"

他们最终被省城的艺术学院录取。叶简兮读专科，赵既白读本科。美术老师旗开得胜，校长二话不说就辟出一间独立画室，美术小组从此有了专属领地，赵既白、叶简兮成为后来者的美谈。

赵既白没有表现出更多失落。整个夏天他几乎都在商业街画广告牌，长时间暴露于户外，晒到黑瘦。叶简兮负责打下手，每每抬头，看见攀爬在高处的赵既白，被太阳的光晕围绕，拿画笔的右手和拎油漆桶的左手都连带着透明羽翼，好像古希腊的爱神。

禁果藏在赵家阁楼。那个八月的下午，赵母或许正在西点案台前熬制焦糖巧克力，或许正在制作普雷结面包。她穿白色工装，面无表情。平行的时空里，阁楼窗户都打开着，银杏叶的绿意探了进来，带着一种明亮如水的光线，尘絮像海藻和海草一样满屋子飘荡，燥热的风正穿过他们的身体。

叶简兮的连衣裙也是白色。赵既白用了很长时间才打开拉链。后来回忆起来，那个过程似乎有一生那么长。叶简兮闭上眼睛，致幻于甜奶油的气味——这也是当初第一次来赵家时所辨别出来的独特气味。

"你们家怎么甜兮兮的？"

"不奇怪。我妈每天下班总要偷几块蛋糕回来。"

八

　　叶纯兮提供给谷子的版本，当然是含糊其词的，避重就轻的。

　　叶纯兮说，叶家起初非常排斥赵既白，那孩子面相太冷，带着入骨的傲气。后来之所以松口，一是考虑到他和小简同读一所大学，寒暑假去去回回有个照应；二来，叶母久卧病榻，叶纯兮面临毕业忙于实习分配，也就没人顾得上小简了。

　　赵既白毕业回来，在大学谋职，顺风顺水的事情，别人羡慕还来不及呢，他却总别扭着，说难忍周围俗戾之气，决意要考浙美雕塑系研究生，离开此地。小简当然不愿意，她想结婚。

　　叶纯兮停了停，望向窗外，吞下了后面的话。后面的话是——因为那个时候,小简怀孕了。

窗外冬阳煦暖,光斑跳荡。这是一九九四年的第二天。谷子和叶父再一次完成了潮间带探宝。叶父正在丁香树下制作当年的第一批海洋生物标本。福尔马林的味道从窗户缝隙飘了进来,与蜂窝煤的味道、豆腐炖鱼的味道,混合在一起。

叶简兮把自己关进房间,好像不存在一样。

叶纯兮和谷子在厨房准备午饭。说话的时候,他们坐于餐桌前,间或起身压压火,让炖鱼这件事变得缓慢一些。

叶纯兮决定帮谷子接近妹妹。既如此,就得让谷子知晓妹妹迈不过去的那道坎儿是什么。当叶纯兮拿捏着分寸,道出了赵既白,谷子忽有失重感,他极力却也乏力地掩饰着,同时想起走廊里那幅油画的落款,"白1986"。

"为何分手?"谷子问。

"赵既白考上研究生,再没回来过,放假在那边搞创作,准备冲击国家级大奖。也有传言,说他在追求院长女儿,为日后留校。小简去了趟杭州,回来就……后面的事情你都知道了。"

叶简兮肯为这个男人去死,已令谷子悲情漫溢难以自控,至于细节,叶纯兮即便愿意讲,谷子也是没勇气听的——而多说无益,叶纯兮不会不懂。

一切忽然安静下来。鱼汤翻滚,水汽作响,成了最大的声音。

事实上,叶纯兮也只掌握故事的梗概,细节属于当事人。当初为说服叶简兮打胎,赵既白哭了。他说自己离开艺术活不成,难以成为一个好丈夫、好父亲。

阁楼上,甜奶油的气息已经褪去,叶简兮坐在他们无数次欢爱的床上,赵既白半跪下来,抱住了叶简兮的腰腹。

赵母刚刚嫁给一个退休处长，七十岁的老头子，仍保留着喝下午茶的习惯。赵母擅烘焙，人也苗条，符合对方诉求。

赵既白很庆幸这件事的发生。小学二年级，他渐渐听懂了流言，便视母亲为羞耻。当他第一次被骂野种，天就暗了下来。慕强正是源于这份自卑。他一路攀爬，信奉顶峰相见，也是为了摆脱自童年埋下的荫蔽。每次问及父亲，母亲都不接话，转身从橱柜里端出一块奶油蛋糕，上面有时撒满樱桃，有时是碎果仁和蜂蜜。

赵既白抱住叶简兮的腰腹，头埋下去，哭湿了她的半条裙子。

叶简兮环顾四周，到处都是架子和泥巴，成品半成品几乎将阁楼堆满。他没日没夜地画稿子，对待艺术如动物嗜血一般，她的心便软了下来。那以后他们开始怀着敌意在一起，她咬他发咸味的嘴唇,像她已不再是她自己那样行事。

赵既白收到研究生通知书的时候,叶简兮见他眼露凶光,只是她更愿意相信那是因喜悦过度而发生的变形。叶简兮拿出积蓄,买来两个最新款行李箱,又置办了整整两箱行李,春夏秋冬都装了进去。

读研之后,赵既白也做兼职,可他要买原版画册,要北上南下追展览,做着到巴黎朝拜罗丹的梦,钱总是不够的。叶简兮按月给他汇款,通常是发下工资的第二天。长途电话也花费不少。

赵既白一直没有回来,叶简兮便去了杭州。她穿着米色风衣,却忘记带伞。一出火车站天就在下雨,离开时也没有停——她全无知觉。

赵既白提出分手,理由是"我怕毁了你后半生"。

回来以后叶简兮就病了。若挺过这一关,叶简兮会发现,失去谁都没什么。只可惜一念之愚,翻山越岭，她过不去的，不是爱情，而是自己。

她拖着病体去阁楼，把能砸的都砸了。阁楼钥匙她一直都有，之前会定期去开窗通风。

一周后，她跳入大海。没死成。

谷子竟去了杭州。先坐火车，一天一夜抵沪，又转长途车，再半天。

快艇生意要到明春开工，谷子属闲人，整个冬天不是陪叶父捕捞海洋生物，就是帮叶纯兮打理叶家日常。赵既白有形无形地出现了，谷子恼火、不安，只有找到那家伙，当面较量，才解气。事情绝非替叶简兮报仇那么简单，谷子也需要过自己这一关。

颠沛不必多说。火车轰响着掠过大地，站在车厢与车厢衔接处，谷子想起纺织厂当年放过的电影，画面颗粒粗糙，也满布新奇。谷子觉得自己是该出一趟远门了。南方的二跃、四学和小季,都比自己走得远,他留在原地,真没出息。

浙美不难找,江南地界谁人不知?令谷子惊讶的是,放寒假了,校园里仍来来往往。有备考的学生,有做梦的艺术家,有慕名的参观者,男长发女寸头,奇形怪状,谷子恍然来到了另一个世界。他向装扮不是那么怪异的人打听:"雕塑系往哪儿走?"对方倒也热情:"跟我来吧。"

就这样,过了一片竹林,又过一片芭蕉,还过了几株黄蜡梅,空气清冽沁人,香是冷凝的,谷子的火气被浇灭了一半。

"放假了也不回家?"谷子问。

"搞艺术哪有假,陷在里面就出不来了。"带路人答。

说话间,带路人手一指,拐过弯儿,白色小楼就是。

谷子谢了再谢，又经过一些叫不出名字的树，皆有茂绿稠密的树冠，与北方的干枯虬枝完全不同。冬天的样子差别如此之大，谷子算是开了眼。

小白楼比普通二层高出许多，灰瓦片片，连着灰色天际，藤本植物爬满墙体，叶子是落了，茎秆密匝如经络。白楼门前堆放着各种真人大小的雕塑，看材质，有陶、木、石、铸铜、锈铁。造型抽象的，把谷子看得发蒙；造型逼真的，把谷子看得脸红。难道艺术就是不穿衣服吗？

"雕塑系"三个字凿在半方老船木上，凿出了筋力，挂在入门右手。

谷子走进去，见走廊很长，角落里仍是各种雕塑。没有人，教室都上着锁。墙上几个巨幅相框，里面镶着人体素描作品，有男女青年，也有老妪老汉。作品大多写实，光影明暗带来体积感，皮肤的光泽或褶皱似触手可及，谷子再次脸红了。忽然，一个落款刺痛了他的眼睛，"白1993"，与叶家走廊上的那幅油画落款一致，只时间不同。

一瞬间，谷子血往上涌。呼吸、心跳，进入非典型状态。他噌噌往二楼跑，赵既白似正守在楼梯口，手里握有长剑。

至二楼，谷子忽被某种力量震慑住了，不得不放慢动作，逐渐冷静下来。

二楼结构和纺织厂的一组单体车间相似，挑高极好，天窗上映着云影，天棚呈几何状。这种结构有点像教堂，也有点像寺庙，只接受仰望——而一旦仰起头，人间琐屑就无声地脱落了。

教室门口有提示牌，"闲人止步"。谷子犹疑片刻，侧身而入，不带起丝毫响动。里面十几人，背对入口，望同一方向，双手在雕塑台和画架上，做泥塑画素描，就像老农在田野里劳作，专注异常。

越过重重的头颅和肩膀，谷子随他们一起张

望,这才发现中心位置有竖立的背景板,上搭麻质衬布,前面有方凳,男子坐其上,弯着腰、屈着膝、右手托着下颌——除了胯下一条兜裆布,他应该是全裸的。

裸男目光沉郁,隐在暗影之中。即便是折叠收缩的坐姿,也不能掩盖肢体的健美。小腿肌腱的伸张与收缩、脚趾的紧扣地面,皆是表面沉静而隐藏于内的力量。

谷子当然不会知道,这是一次致敬法国雕塑家罗丹的写生课。裸男动态仿照于罗丹名作《沉思者》。在相关艺术文献里,一八六六年间的某一天,罗丹是孤独的,一个人迷恋着一块大理石,对着它细细揣摩、盘算,静静地度过了大半天,直到从石料中幻视出《沉思者》的形象才动手——这些,谷子或许永远都不会知道。

当时当刻,谷子只感到一种震撼。谷子不是没见过别人的身体，在那个缺少私人空间的年代，大家都是公共洗浴，常常裸身相见。只不过，在这之前，他从未发觉身体竟然是美的，而且美到不可思议。

谷子确信，这就是赵既白。

在确信裸男是赵既白以后，谷子悄声离开教室，到小白楼对面站定，一根接一根地抽烟。

两个小时过去了，写生人群陆续走出小白楼。赵既白是最后出来的，谷子刚好抽掉一盒烟。喊赵既白的名字时，谷子发现自己嗓子已经哑了。

或许乡音久违，赵既白友好地笑了笑，只是，这笑容很快僵在半空，因为他听见谷子说："我是叶简兮的表哥。"

从十六岁到二十六岁，赵既白和叶简兮谈了十年恋爱，当然知道她没有表哥。

赵既白抬头瞅瞅灰色的天，又扭头看看身边的雕塑，接着拍拍衣服，捋捋头发——借助一系列的动作，他恢复平静，重拾傲慢，望向谷子，淡淡地说："事情不是你想象的那样。"

"我练过多年拳击。"谷子再也忍不住了。

"做雕塑也是要抡大锤的。"赵既白并不示弱。

"给个理由，我今天不揍你。"

"有些人不适合婚姻，只是不敢承认，我敢。"

"王八蛋，早干吗了？"

"活明白，是需要时间的。"

"你小子是想给院长当女婿吧？"

"院长千金对我有意，但是，我只爱过……小简。"

"放屁，不准再说她的名字，你害惨了她。"

"我知道。"

"你怎么谢罪？"

"我死了她也活不成。"

"她已经死过一回。"

"这跟我死过一回没有区别。"

…………

谷子不想绕下去了，将棉衣掼在地上，左右开弓，两拳打过去，赵既白脸上见了血。这家伙仍笑着说话，一字一顿，声音低沉："打死我也是徒劳。"

到浙美读研后，赵既白越发决绝，他终于弄明白了，投身艺术，专心一意而无其他念头。另外，长痛不如短痛，总比和小简生下孩子再不管不顾要好。他诵读一样，仰起头、闭着眼，把这层意思表达完毕，之后，才看向谷子，补充道："你未必会懂——不，你肯定不懂。我说出来，只是对过往的尊重。"

"艺术真是个破烂玩意儿。"谷子把牙齿咬得咯嘣响。

"艺术是我的磐石和盾牌，是我的避难所。"赵既白也把牙齿咬得咯嘣响。

"滚！我回去告诉小简，你只有你自己，不值得！"

"爱就是不问值不值得。"说完，赵既白转身走了，脸上血迹未干，背影湿冷。

时间已中午。小白楼离食堂不远，空气中飘来霉干菜烧肉的味道。谷子穿起棉衣，在那些人体雕塑前发了个长呆。比起刚见的时候，他已看出不一样的东西——除了没穿衣服，有的肢体扭曲，有的表情抽搐，有的痴傻空茫。

再次来到叶家，已是一周后。谷子将礼物呈上，给叶父龙井茶，给叶家姐妹真丝方巾，另有西湖藕粉、山核桃、天目笋干。

叶父和叶纯兮笑得不太自然，看见杭州特产，便知谷子去面晤赵既白了。

叶父历来逃避问题，这是他此生作为父亲最大的弱点和缺点。叶纯兮则要问到底,她将谷子拽到厨房说话。

或为找回面子,谷子说自己把赵既白打到满地找牙。

"他没还手?"叶纯兮问。

谷子摇头。

叶纯兮说赵既白也是学过功夫的,早年赵家母子受欺负,他就跑到大庙山跟人学了几年拳脚。

此番话让谷子吃惊不小。赵既白高大挺拔,却文人相,看不出会武,至少在小白楼前对峙时,谷子没看出来。

叶纯兮把礼物放到了叶简兮面前。她知道这个步骤将有力地推进事态。果然,叶简兮脸色大变,强忍着激动,说要找谷子谈一谈。叶简兮说:"冯师傅明天和父亲去海边,之后过来吃晚饭。"

是日腊月二十三,农历小年,海水温度已近零摄氏度,鱼龙远遁。但谷子与叶父深谙鱼性,经过大半天联合作战,共收获了沙光鱼、鳕鱼、石鲽等冷温性鱼种,甚至在岬角深水处钓到了六线鱼。他们兴兴头头地回来了。叶纯兮正在择菜和面,为包饺子做准备。

谷子说:"我来! 鲜鱼糜、肥肉臁、白菜心,再切点韭菜末子,嘿,这顿饺子能鲜掉眉毛。"

叶父急了:"给我留两条做标本。"

谷子笑:"放心吧叔,模样吓人的黑头给你。"

叶纯兮也笑,又别过头去喊:"小简,小简,快出来看看,要不要挑几条好看的盛在青花瓷盘里,画写生啊? 名字我都替你想好了,就叫《小年儿》。"

日后若盘点谷子的婚恋史,"小年"这个节点是具有历史意义的。

谷子和叶纯兮忙于灶台,叶父制作标本,叶简兮油画写生,归航跑来跑去,通报外公和小姨的进度。下饺子之前,《小年儿》完成,大笔触大块面,有种一气呵成的神韵,且色调明透带着潮水汽,落款是"简1994"。后来,这幅画挂在走廊,替下了那幅落款"白1986"的风景写生。

鱼饺子好吃到令人叹息,腊八蒜、饺子汤,也都齐全,一如每个幸福家庭所拥有的那样。叶父和叶简兮的做派,带来了某种精神意义,一时间,让叶家离地三尺,烟火之上。

饭后,叶纯兮急着去医院探公公,拽上归航就走。

叶父醉心他的标本,钻进了自己房间。

厨房里只剩谷子和叶简兮,气氛忽然变得不自然起来。

各种声音先后响起——洗碗的水声、桌椅归位时与地面的摩擦声、窗外零星的鞭炮声。谷子背对着叶简兮,擦拭灶台,他听见叶简兮的声音好像从遥远的地方传了过来。

"你不该救我。比死更难的事情,就是活着。"

"他不值得你这样做。"谷子没转身,手上动作也未停,语速极快。

"爱没有值不值得!"叶简兮本想这么说,最后谷子听到的却是——"很多事,都禁不起推敲。"

"其实也怪不得别人。"谷子说,"自己不想,谁能毁了你?"

"我没怪谁,只是不相信,连美都不信了。"

"那么,你信我会护着你、帮着你,也会哄叶叔开心……会为……过日子出力吗?"说完这番话,谷子已满头挂汗。

叶简兮打量着谷子,在现实生活里,这个男人学历不高、工作不稳、家境薄浅,除了善良、勤快,再加上帅气,其他的乏善可陈。可是,赵既白的帅带着阴云，眼前这个男人，则阳光倾洒一般。被他从冷海托起的时候，她在虚幻之境，似要去山谷，那里幼草茵茵，溪水长流，不远处黛色山峦如伞，正是她想找却一直没能找到的写生佳地。而他有张好看的脸，戴着七彩花环，俯下身体，越来越近，加入了她的呼吸……直到抢救过来，高烧退去，虚幻才消失。

"我相信。"叶简兮语气决绝，面无表情，"但是不会有那么一天的，因为你知道得太多了。"

叶简兮很清楚，曾经的经历对于一个女人意味着什么。倘若真有未来，她担心自己在谷子面前永远抬不起头。

谷子无计可施了，站在那儿，手里摆弄着抹布。

就在这个时候，叶父那边传来动静："小简，冯啊……"

事情好像不太对头。谷子拔腿就冲，比叶简兮早两步冲进了叶父房间。但见叶父斜靠椅背，手捂胸口,脸色苍白,大汗淋漓。叶简兮害怕起来,嘴里喊着"爸、爸",却不知所措。

谷子将叶父抱起,异常谨慎,平放在床上。这个短短的过程,叶父竟已后背透湿。谷子对叶简兮说:"怕是心梗了,得赶快去医院。"

叶简兮不相信:"我爸平时没有心脏病。"谷子则是有经验的,他嘱咐叶简兮先安抚着,自己到马路上拦出租车。

北风在斜坡上打出哨音,除此之外,路上没有人更没有什么出租车。谷子直跺脚,时间在流失,他知道对叶父不利,没办法,只能顶着风跑到主干道,因出来得急,棉衣都没顾上穿。

就这么一路小跑找车,最后在离叶家两公里外的旅馆门口,找到了趴活儿的出租车。司机说:"老规矩不打表。"谷子应声:"行,赶快!"

果不其然,叶父急性心梗,幸亏就医及时,挽救了坏死心肌，减少了心梗面积。二人在医院守到天亮。上午才给叶纯兮打电话。叶纯兮从单位赶来，对谷子心存感激。接下来就是陪床、送饭，离不开人。

同病房的都羡慕，你这个儿子真孝顺。叶父说："不是儿子啊。"同病房的更加羡慕："哦，女婿啊，你这老泰山真有福气。"叶父没气力解释，脸上浮起一种满足。

跟叶简兮表白之前，谷子先知会了叶父。叶父对鱼友变身老丈人这一事实，本能地有种莫名火气，可是，他终究没有爆发力了。

九

一九九五年春节,谷子大婚。按照坊间界定,从后海来到前海,新房又是女方家,就算做了上门女婿。

谷子攒下零碎时间,一个人打造了全套家具,就像大元当年那样。床,樟松木,气味清香舒心。电视柜、茶几、餐桌用杉木,木头纹理质感恬静。书柜是榉木。墙壁翻新、粉刷,厨房、卫生间也都砸掉重来。

结婚前一年,快艇生意空前顺遂。老天爷给面子,一次台风也没刮。谷子没白没黑地干,自造噱头推出"日出游"和"星月游"。刷好的白板上,叶简兮帮忙写的美术字,杵在更衣室门前,像模像样。晒鱼亦有了名号，"后海谷子"被印上塑料袋。

刺鲅不解："你明明是在前海捞鱼。"

谷子就说："捞鱼者乃后海人士。"

"可你做了前海女婿。"

"那就更不能忘本了。"

刺鲅还是很够哥们儿的，谷子借钱办婚事，他慷慨相助，一半借，日后要还；另一半算份子钱。

叶简兮有过短暂的婚前恐惧症。谷子的疼爱激怒了她，觉得他在可怜自己。几次深吻之后，虚幻之境又出现了，她眼神迷离，问谷子是不是要带她去山谷，那里幼草茵茵，溪水长流，不远处黛色山峦如伞……只是画具太沉，除了谷子，没人扛得动。

谷子都由着她。

婚宴摆在叶家，两桌。叶家不喜闹腾，本地也没什么亲戚。

四学和小季风尘仆仆地赶回来，帮忙筹备婚

礼,拜见叶家和嫂子,礼数皆周全。兄弟三人又一起扫墓,一起跪在坟前流泪,一起默默于心中涌起某种壮志,或清晰,或模糊。

回到老屋,饭桌还是那张饭桌。奇怪的是,从前可以挤下一家七口,现在被三个大男人轻易地制造出拥挤感。桌上摆着后海名吃,都是年幼时吃不到的。酒也斟满,特意选了冯父当年最馋的瓶装老白干。

四学说初中曾与人合伙偷过美林烤鸡,无一次成功。

谷子说曾偷了母亲的钱去三盛楼,服务员脑子进水,算错账倒找钱,羊肉蒸饺白吃不说,还小赚一把。

忆此类糗事,兄弟三个大笑,可笑着笑着就哭了——再也不会像小时候那样,哭着哭着便笑了。

他们曾恨不得一夜长大,好像长大就可以说了算似的。长大后才发现，所谓说了算，不过是重重压力之下的责任与担当。不消说显赫家境，冯家甚至连家底都没有，诸事只能靠自己。

他们提及二跃。杳杳的音信，是他和厂医先到的佛山，又辗转去了广州。

四学渐渐变成老兵，一个明显的特征就是患上了风湿病。小岛高盐高湿，夏天热到空气黏稠，行李长满霉斑。冬天又冷得像个冰窟。台风季能把一切撕碎，有一次营房房顶整个被掀走了。补给船靠不了岸，岛上断粮，只能喝雨水、吃黄豆、捡海菜，最长的时间就这么熬了二十八天。

谷子听了愈加自责，拍拍四学肩膀："哥关心得不够。可你为何一直不休假？信也不回，莫非记恨我当年告你的状？"

四学无奈地摇头："家里的变故一个接一个，我没勇气回来承受。咬咬牙，守海岛，学本事，忘记糟心的事。雷达设备的各种专业知识,什么设定参数、天线旋转、目标选择与甄别,我都是零基础,只能拼上——拼上才能忘记糟心的事啊。"

四学的手,锉刀般粗糙。谷子料定,这是加工维修精细配件所致。

"修了雷达才知道,爹娘给了一双巧手,遇上元件损坏又没有备份件,我能在电路板上用焊笔连续飞线……这不,多年都是优秀雷达兵。"四学为自夸难为情,亦掩饰不住高兴。

谷子端起酒杯一口干了:"哥敬你,部队到底锻炼人,你是冯家的骄傲。"

四学摆摆手:"日后若能做个雷达兵王,那才叫大牛。现在,咱冯家的骄傲应该是小季,大研究生!文化人!"

小季不胜酒力,脸色通红。十八岁之前,他是讨厌这张饭桌的。父亲的酒鬼形象、哥哥们的叛逆、母亲的疲惫与暴躁，还有莫名的谩骂、动粗，都围绕着饭桌发生。

哥哥们有虎气、野气甚至匪气，宽肩长腿，体格壮实。潮湿的南风或者凶猛的北风，从海面吹往陆地，依次吹醒了他们的荷尔蒙，吹硬了他们的胡楂儿。他们不再发出清脆童声，进入含混的变声期，按照自己的方式长大，或者按照意想不到的方式戛然而止——而小季，从小文气内向，身体单薄，遇事放不下，适应能力欠佳。

现在，小季总算长大了。长大后的小季，将这张饭桌视为冯家本身，游子的爱与思念，借助饭桌获得物化和具体。腿脚不稳，纹理残缺，这真是一张让人心疼的饭桌啊。

两个哥哥劝小季不要喝了。小季说："那我就给你们讲点糗事吧，或可当作下酒菜——"

接到大学录取通知书的时候，小季曾在心里发誓永不回头。填志愿，他只求越远越好，浪迹天涯，专业不重要。"跑那么远干吗，路费不是钱？"冯母一脸不高兴。小季以好男儿志在四方应付，这句话是早就想好的。

现实却很打脸。南京鬼热，甫出梅雨季，日子就上了蒸屉，随后又被送进了烤箱。人生中的第一个别处之夏完全把小季吓住了，而此前的全部夏天，他是唯清凉海风再也不识人间的。

小季抑制不住地想家，倒数着放假的日子，末考复习也心不在焉。当初离家时赌气立下的誓言全部作废了，他只想吃一碗母亲做的手擀面。母亲喜欢在夏天做手擀面，用蛤蜊、芸豆、鸡蛋打卤，整个过程都在抱怨，因为风湿病又复发了。可记忆中那碗面的筋道与鲜亮，足以让小季忘记所有不快。

四学和谷子听不下去了，面露尴尬。作为哥哥，疏忽了小季的成长。

小季说："你们别煽情，重点在后面——"

学生宿舍条件差得离谱，偷偷吹个小风扇，熄灯断电之后也会立马停摆。放下帐子像堵了座山，收起帐子，蚊子嗡嗡声密集不绝，巴掌噼啪地往自己脸上身上甩，竟掌掌不虚。

好不容易迷糊一阵，又很快热醒，只能端起脸盆去盥洗室，接满水兜头浇下，再浇下，回到床上迷糊一阵。如此一夜折腾三四次，饶是气血两旺，熬上个把礼拜也黑瘦下去了。

还是热得受不了，只能卷凉席到楼顶平台露宿。晚八点，先去泼几桶水——当然，这几桶水势必会在一分钟内蒸发掉，地上就像没有水来过一样痕迹了无。晚十点，再去泼几桶水，平台上的热气逐渐被压制下去，终于可以躺下了，男生们光着膀子，点上蚊香，有人甚至褪去了裤衩。

夜渐至深静,气息仍然燥热,没有一丝风。小季穿着国棉五厂处理的零头布制作的大裤衩,直挺挺地躺在那里,意兴低落。

有人在讲黄段子,各种上了色的传闻。不知谁带了个望远镜,趴在围栏上偷窥女生宿舍,引起一阵围堵。女生宿舍早已熄灯,什么也看不见。有人却故意压着嗓子说:"我×,裸体啊!"几声坏笑响起,搅动的都是热浪。

好不容易睡着了,凌晨大雨急来,众人从梦中惊醒,轰然四散如受惊的鸟雀……

小季说完哈哈大笑。谷子和四学却怎么也笑不出来,愧疚不已,连干三杯。

"能娶到前海美人,当上门女婿也不亏,好好过吧,早生贵子。"

带着四学和小季的赞美与祝福,谷子开始了新生活。婚后第二年,叶简兮生下儿子,取名叶亦冯。

到底叫叶亦冯还是冯亦叶,儿子过了百岁才定下。这之前,叶简兮模棱两可,叶父态度中立。叶纯兮十分坚定,必须叫叶亦冯。

谷子内心不快。冯家的第一个孙子,却随了母姓,自觉做人没出息,对不起父母。跟叶纯兮商量的时候,谷子语气里有恳求成分,又顾及面子,便佯装幽默,说甘愿下辈子为叶家做牛马——实际上这辈子他已经这么做了——那么,儿子能不能姓冯?

叶纯兮说:"小简的样貌、学历、职业,样样百里挑一,你是知道的。这两年,外面难听的闲话不少,我就不转告了。总之,筑巢引凤,巢是叶家的,凤是叶家的,生下孩子自然也是叶家的。姓叶,没毛病。"

谷子觉得有些反常。叶纯兮固然计较得失,藏有心机,书卷温婉总还没丢,平日说话通常留余地,也会控制情绪,这回是怎么了?

远洋船员丈夫刚结束环球航行,正在休假。分离八个月,夫妻重逢,叶纯兮应该高兴,那天却当着全家人体罚归航,小屁股都打肿了,芝麻粒的事,放在平时没人认真。

　　谷子去问叶简兮:"姐怎么火气噌噌的?"

　　"和姐夫吵架了。"

　　叶简兮正在喂奶,带着一种产后的充盈感,通身乳香气,浓郁绵软。谷子闻见,心宽了些许。

　　据叶简兮讲,船停荷兰阿姆斯特丹港,姐夫和几个船员去红灯区看"橱窗女郎"——姐夫说只是看看,但这件事被姐知道了。

　　谷子"哦"了一声,怪不得。

　　那个年代无出境游,远洋船员是人人羡慕的职业,可以带回花花绿绿的外国尖货,可以跑遍全世界,在印尼巽他海峡看火山喷发,在南非好望角偶遇漫天晚霞……人人只见光彩的一面,却忘了远海的孤独与凶险。

作为连襟,远洋船员一度鄙视谷子。后因其父病危和殡葬,谷子出过大力,平日对叶纯兮母子也多有照顾,男人之间的默契就渐渐达成了。

二人喝酒聊天时,远洋船员说起舱面作业的酷暑和严寒、机舱的噪声与高温,说起爬大桅、下深舱,哪一样都是极限考验。远洋船员甚至说:"风平浪静时,万里无云,会让人觉得害怕,到了天国似的! 这时若有一朵云飘过,都是令人开心的事。"

谷子摇摇头:"姐夫也不容易。"

叶简兮不同意:"姐容易吗? "

"大家都不容易。"谷子说。

真正让谷子放下执念的,还是大漠。婚后谷子曾给大漠寄去一张结婚照、两盒喜糖、一斤绿茶。信中该说的都说明白了,电话号码也留好。两天后,大漠打过来。听见师父声音,谷子百感交集,一时眼眶尽湿，却也不忘遮掩，怕叶简兮看见。

自离开后海工厂，愧于无着无落的人生，谷子许久没与大漠联系了。思念是因为孤独，委屈也是因为孤独——如此这般，大漠都懂。

关于儿子姓氏，谷子也想给大漠打个电话，几次号码拨到一半，又放弃了。打电话无非是诉诉苦，依谷子对大漠的了解，大漠一定会说："儿子跟谁姓不重要，谁来教导他，如何教导他，才是最重要的。"

站在叶家小院里，丁香树已打起花苞，仲春独有的散淡气息覆盖下来。谷子下意识地打出一套组合拳，生疏是生疏了，却有豁然开朗之感。

很多话，大漠很早便说过。时间到了，才会从记忆里弹出；时间不到，就是暗藏的玄机。一波未平一波又起，这便是人生，大漠似乎也说过吧？

这时儿子哭声骤起，谷子转身往屋里去，心里默念："叶亦冯就叶亦冯吧。"

接下来都是好辰光。谷子,当然也是叶家,经历了天伦之乐、舐犊之情、隔辈之亲,不一而足。

叶亦冯三岁,谷子做了一匹小木马,叶简兮画上图案,叶亦冯摇呀摇,好像摇到了月亮上。叶亦冯五岁,谷子做了一间小木屋,叶简兮画上图案,叶亦冯藏在里面,以为是全世界。

日后回忆起来,那是他们最美好的时光,有十年那么长。十年间,冯家兄弟也都在实现人生进阶。四学晋升为三级军士长,与福州本地姑娘结婚生子。姑娘在区图书馆工作,婚前把守海岛想象得很浪漫,婚后则疲于分居之苦。一个人带孩子,一个人面对生活巨细,任谁都要抱怨的。小季研究生毕业,申请到留德奖学金,在慕尼黑工业大学攻读机械博士学位,被德国姑娘倒追,已经沦陷。二跃也有了消息,在广州主城区开了五家药房,厂医做董事长,他是总经理。结婚与否,消息不确切。

婚后第三年,叶父跟谷子说:"有间汽车屋子,祖辈留下的,年久失修,一直闲置。现在都兴汽车屋子改门头做生意,你得空也收拾一下,看看做什么好。"

当时,杀街已拆除。各种投诉令管理部门头痛。如此沉疴有损城市形象,借新一轮规划实施,杀街往事便在推土机的轰响中烟尘散去了。

谷子重新干起烧烤。间断四五年,已不可同日而语。自费旅游的多过公款出差的,吃客年轻化了,谈吐更率性。谷子强烈地感受到时机火车头一样疾驶而来。谷子跟叶父说:"开个烧烤店吧,正经八百干起来,比在更衣室门前打游击要好。"

叶家的汽车屋子是那条街上最敞亮的,面积大,三十平方米,横切也宽,能改造出落地窗。手续办了下来,名号还叫"后海谷子"。这次质疑的不是刺鲅,而是叶纯兮。

"你明明是在前海开店。"

"开店者乃后海人士。"

"可你做了前海女婿。"

"那就更不能忘本了。"

叶纯兮讪笑两声:"祝你生意兴隆。"

谷子找来一块老船木,异形的,满布雷电风痕,再拓印上叶简兮的字,门头一挂,个性十足。叶简兮揶揄:"谷子老板眼光艺术得很呢。"谷子"嘿嘿"直笑,他是受了浙美雕塑系那块门牌的启发,但他不说。

与杀街拆除的同一时间,旅游管理办颁布新规,整顿海上秩序,联合审验不再是走走过场的事情。二〇〇〇年,快艇更新换代,设计、构造升级,包括恼人的排水问题,都不再是问题。

刺鲅决定成立旅游观光公司,抢占先机。他让谷子入股,说海上观光乃朝阳产业,带出几个徒弟,日后你就是大老板了。

谷子犹豫不定。叶父已老,叶亦冯将读小学,烧烤店整装待发,他无精力再投旅游观光公司。一旦成立了公司,就不能像之前干半年休半年,新项目得开发,以保持续运转。谷子把这层意思告诉了刺鲅。

刺鲅点一根烟,猛吸几口,半支成了灰烬。"也好,"刺鲅说,"你赚钱太死心眼儿,规规矩矩,缩手缩脚。咳,本以为后海出身的不含糊,可你就是野不起来,没出息!"

刺鲅,聪明人,庙堂江湖皆混得开。这不,刚提拔了正处。

谷子说:"处座,'后海谷子'随时恭迎啊!"

二人好聚好散,谁也不耽搁谁。谷子心里是存了感激的。仓皇时,刺鲅拉了他一把,直接拉入了经济大潮中，从后海到前海，由地缘到姻缘……缘真是奇妙的东西，来了，走了，一时，一世。莫须有的一个"缘"字，让人生像极了拼图，任谁都在拿着自己的那块，去寻找另一块。

时间来到二〇〇五年。"后海谷子"已经火了。夏天的傍晚，店里坐不下，门口支几张小桌，摆一圈儿马扎。谷子生怕吵到邻居，极力控制着时间，生意再好，晚上也是十点打烊。

亦冯已经读小学三年级，英英武武的，五官像极叶简兮。为给儿子营造一个学画氛围，也为了赚点外快，叶简兮收下四五个学生，一起做伴画画。

叶父希望亦冯传下衣钵，这样，那些海洋标本就有去处了。亦冯却不感兴趣。倒是在去过后海老屋，见了架子上生锈的铁路老物件后，他开始不停地问这问那。谷子告诉亦冯，都是祖父留下的。

"祖父会开火车吗？"

"祖父当然会开火车。"

"哇，祖父一定很勇敢，就像奥特曼能打败怪兽。"

架子还是前年四学回来探亲时，兄弟俩用两天时间一起完成的。他们将冯父所留之物逐一摆放，整个过程谨慎，并且沉默。四学说："爸有远见，这都是历史的见证，我们军区建雷达博物馆时，曾到处征集相关的退役老物件。"

是年秋天，叶父最后一次心梗发作，搭上了性命。当时身边没有人——这几乎是不可思议的。谷子就在家门口开店，天天守着叶父。唯独那个周日上午，谷子去参加拆迁补偿联席会了。后海纺织厂宿舍拆迁在即，这显然是个重要的会。亦冯馋后海老字号，也跟着去了。叶简兮在学校加班，为绘画比赛当评委。叶纯兮送归航上网球课。而远洋船员正经过白令海峡。

叶父走时孤独,未留下一句话,这对于活着的人是个沉重打击。叶家姐妹难以接受,后悔和内疚将她们久久缠绕。谷子张罗所有后事,按照叶父所期许的那样,最终以海为墓。

叶简兮不停地问:"爸爸真的不在了吗?"

谷子泪流满面。他也曾这样无数次地问过自己。大元走的时候,他问过。冯母走的时候,他问过。冯父走的时候,他问过。他只有抱紧叶简兮,才像抱住了所有生的希望。

半年后,叶简兮开始腰酸背痛,浑身使不上劲儿。谷子以为她是身心所累——素质教育提上台面,美术老师忙得像陀螺。另外,她还没有走出丧父的悲伤。

谷子揽下所有家务,将"小简你去躺一会儿"挂在嘴上。可巨大的乏力感一直没有离开叶简兮。

谷子陪叶简兮去挂专家号。检查结果出来后，专家表情凝重地告知，叶简兮患的是"肌萎缩侧索硬化"。

谷子听不懂这个拗口的名字，仍以为是疲劳过度。可专家接下来的话，将谷子一下子扔到了史前旷野，谷子脊背发凉，汗毛倒竖，被孤独与绝望打蒙了。专家把他叫到一边，低声说："这种俗称'渐冻症'的病，致死率几乎百分之百，最多活不过两年。"

回家的路上，谷子眼前竟浮现出一个画面——是十六岁的雨夜，后海鲜见"下大抓"的人，他在齐腰海水处挖得正欢。突然，海水猛涨，瞬间及胸。稍时，海水便没到了脖子。谷子脚下骤急，一口气向岸边挪出二三十步。没承想，潮水比他的脚步还快，直接盖了顶。大雨纷披，海面上雾气弥漫，埋住了岸边的灯光，海面一片漆黑，已经没有任何标识物。谷子完全失去了方向，巨大的恐惧控制了他。

雨,下得越来越狠。抹一把脸,再抹一把脸。才十六岁啊,真的就这么喂鱼了?绝望中,他随波逐流,听天由命。不知过了多久,海浪终于将他推到近岸的浅水区。他并不能完全确定岸的位置,忽然,半空中出现了微弱的灯火——是火车站货场。那刻,那盏灯,等同生命的呼唤。他开始放声大哭,泪水、雨水、海水,被一口一口吞下。他终于找到了方向,他没死!

对!叶简兮不会死!不能听信专家的。

叶简兮办了长期病休。从那时起,谷子就在烧烤店门上挂了块牌子,"请提前一天预约",后面是手机号码。

病情发展得很快。三年后,叶简兮已翻身无力。担心久躺生褥疮,谷子定好闹钟,每隔两小时给她翻一次身。白天还好,到了半夜,谷子仍不敢睡实落,时刻留意叶简兮的动静。

家庭的变故让亦冯早熟,眼神里多出一些意味,这是谷子最不希望看到的。叶纯兮不失为好姨妈,寒暑假带亦冯和归航去旅行,平日带他们看电影、看展览、逛美食城……尽力弥补叶简兮的缺席。

生病久了,叶简兮性情大变,动不动就朝谷子和亦冯发火。亦冯正在叛逆期,嗓子变声,脾气顶牛。谷子私下里会安慰儿子,或者像两个男人那样对话,"让着点我的人"。

值得安慰的是,亦冯功课从不用操心。高中时,大多数同学狂奔在各种辅导班之间,亦冯气定神闲,坐在叶父用过的书桌前,省下了一大笔补习费,最后被北京交通大学铁路机械专业录取。按亦冯的成绩,完全可以报考热门的计算机、土木工程、电子信息工程之类,可是,亦冯对会开火车的从未谋面的祖父,有种情感认同,从小志在于此。

第九年,谷子给叶简兮擦洗身体,把叶简兮抱起来,放到马桶上,并且一直扶着她。第十年,谷子给叶简兮削水果,捣成泥,一勺一勺喂到嘴里。叶简兮脖子上围着块布,像婴儿。

第十一年,叶简兮被困在冻住的身体里,全身上下只有十根手指能动。那手指仍然细长、白皙,只是布满了岁月的陈斑。谷子想,小简一定想画画啊。这么一想,谷子的心就很痛,很痛。

专家口中的两年存活期,靠着谷子的悉心照顾,硬生生延长到十二年。叶简兮走得很安静。谷子握着她的手,亲吻她的额头和脸颊——就像第一次那样。

而他有张好看的脸,戴着七彩花环,俯下身体,越来越近,这是叶简兮关于人世的最后一眼。叶简兮曾经说过,不想海葬,大海太冷了,她想葬在山谷,那里幼草茵茵,溪水长流,不远处黛色山峦如伞。

谷子时常把自己关在房间,抚摸着叶简兮的遗照,好久不出来。有时候一待就是一天。谷子始终记得,叶简兮离去当晚,月色清清亮亮,不染半点尘埃。

谷子和叶简兮之间,最初相隔着前海、后海的距离,好比相隔着两个王朝的狭窄缝隙。后来他们相隔着一次救赎、一场谈话、一个亲吻。而现在,他们相隔着一个月亮的距离,天上、人间。

后记

回到谷子拿下海蜇王那天。

那天,劳者多得,五分之一的海蜇归了谷子。从海边到他的烧烤店,隔三条马路,近是近,拎了重物,无形中就远出去许多。他在秋阳里疾走,很快一身汗。

落了脚,紧着处理起战利品。鲜海蜇必得腌渍三次才能入口。食用盐加明矾,前后二十日,俗称"三矾"。谷子一阵忙活,完成初矾,毒液杀出,海蜇入瓷缸,置于阴凉通风处,等到功德圆满之时,取出,凉拌热炒,都是招牌菜。

"后海谷子"成了网红店,寻味而至的人们,会喊几声:"谷子——""谷子,蛤蜊多加些辣椒,爆炒"

"谷子,毛蛤过遍水就行,再给弄碟辣根。"

谷子那经过多次改良的灶台，一边煮馄饨，一边烧烤。除了烤鱼,也烤骨髓、烤茄子、烤土豆、烤板筋。钉螺、醉蟹更是一绝,现做,竟也能迅速入味儿。

逢春秋两汛,谷子会卖上半个月的鱼馅馄饨。每日特供二十份。吃了第一碗,不许再点第二碗,给多少钱也不许。鱼馅馄饨,赔本生意,谷子执意要卖,为的是给生活来点仪式感。选肥硕雌鱼,剔刺留肉,加油膘、蛋清和姜汁上劲成馅,煮出来,不仅馅白,而且汤白。新老吃客,一碗下肚,便知春夏秋冬。

远洋船员已退休,带着他那闻见罐头就想吐的胃,带着关节炎和听力障碍——当然还有一颗见过天下而宽大的心,永远地站在了陆地上。

远洋船员每喝必醉,摇摇晃晃,好像在刻意捕捉船行大海的感觉。有一年,远洋船员说:"我们到巴黎红灯区看橱窗女郎,走过一个小广场,几个穷画家正在给游客画肖像。有个中国画家生意最好，因为他画得实在是又快又像。我上去跟他聊天，他只讲法语和英语。可不知为什么，我觉得他就是小简从前的男朋友……"远洋船员猛然意识到说错了话，赶忙打哈哈，"我骗你的，哪敢去看橱窗女郎，叶纯兮是千里眼、顺风耳，什么都瞒不过她。"

赵既白后来去了巴黎，谷子是知道的。至于到底去了巴黎的殿堂还是街头，已经不重要了。谷子拍拍连襟的肩膀，活着都不容易。

世间事，哪有什么容易。深处都是逆行的风物。

后海用三十年的时间，完成了大面积填海和棚户区改造。滩涂上，长起钢筋丛林。从性价比来看，这比长蛤蜊值钱得多，没有理由不高兴。

可谷子就是不高兴。他一边赞叹，一边又莫名地担心——担心自己回不去了。所谓回不去，是回不去他的青春气象，以及青春气象里的纺织厂、火车站、野泥滩。

高楼与高楼的罅隙，偶尔露出一片海。有人仍然会捞上海货，摆在拦浪坝外围的马路上叫卖。早八点，一切必须结束，城管巡查得很严。识货的后海人已经早早地等在那里，带着一脸的不高兴。他们应该是从纺织厂、橡胶厂、化工厂退休的，如果还有别的，不外乎碱厂和机车厂。

回迁后，冯家老屋变成三室一厅，精装修交房，宽敞明亮远超出前海叶家。拿到钥匙，本该留在新家添添人气，谷子偏去防浪堤坐着，真是贱骨头。

那晚无星月，稠墨一样黑。抽掉半盒烟，海面上有了层层白浪翻卷，便知是涨潮。他放开喉咙，野野地喊"我回来了——"却卡在喉咙口喊不出去。天亮时分，他感到饿，想起小时候怀里揣了玉米饼子，以利石砸开岩壁上的海蛎，一口鲜汁吸下去，整个喉咙都被打开了,一口饼子一口鲜蛎肉,最是对味。现在不会这么做了,他已习惯将海蛎蒸熟,掰开有力的闭壳肌,旁边是一碟姜末醋。

当然,也不全是不高兴。纺织五厂的厂区被保存下来,成为博物馆。年轻人慕名来打卡,会听见讲解,这里是近代工业缩影,是不可移动的文物。

第一次去,谷子很好奇,跟在年轻人后面做旁观者。那片庞大坚固的厂房,他终于知道了其专业名称——包豪斯风格单体车间,始建于一九三四年,也是国内现存面积最大的。不过,讲解员总是过于呆板,没有感情,她干巴巴地说:"设计风格注重简洁实用,形式跟随功能,去除干扰和装饰,是包豪斯设计理念的核心思想……"

幸好还有一个公益讲解员群体,由纺织厂退休职工组成。第二次去,谷子便碰见了黑皮。当时谷子正贴近玻璃看图片展,忽然一个熟悉又陌生的声音,透穿而来。

"听我老舅讲,日本人当年在后海沿岸建厂,是动了脑子的。一来沿海地带属日本守备军的警戒区域,容易控制,没有治安隐患;二来铁路线就在附近,甚至可以铺设铁路专用线,原料输入、成品输出都便利;三嘛,厂址在海边,建立发电厂所可就近利用海水作为冷却用水……"

黑皮!是他!声音没变,尽管他在极力克制讲下流笑话时的滑腻感。谷子远远地望过去,那是一个挂橙色胸牌、戴棒球帽、通体休闲装扮的黑皮,瘦了,更黑了,叠皱的松皮之间,小眼依然聚光。

故人相见,难免激动。谷子以前不待见黑皮,眼下只觉他亲切、可爱。午饭在厂区里吃——他们还是不习惯叫博物馆。原来除了博物馆,另有三分之一休闲区,以更好地吸引年轻人。

饭间黑皮说到二跃:"听说冯家二跃赚了好几

个亿,让他回来干点事吧。也该回来了。五厂没有大拆大建,算是保存下来了,建筑风貌啊,纺织文化啊,都没走样。政府正在植入新业态,什么原创集合店、集装箱艺术空间、主题咖啡,日后有看头也有玩头哩……"

谷子瞄一眼黑皮,心想,公益讲解员这个角色还真锻炼口才。

流光暗转,屈指堪惊。

二跃回来时,带着比他小三十岁的娇妻。厂医晚年到美国投奔女儿,带走了属于她的那部分财产。

一回来,二跃就在后海最昂贵的楼盘购入最昂贵户型,二百七十度观海景,波涛汹涌。众人皆知他富可敌城,掩不住地奉承与谄媚,当年的私奔也几乎成英雄事件。

谷子发现,三十年没见,文艺青年二跃,只剩一张瘦脸,满布刀斫斧劈般的纹理。亿万富翁的霸气只偶现于双目一横、眉峰微蹙。比如谷子质问当年为何一走了之时,二跃便现出此类神情。谷子马上道:"好,二哥,我不想知道答案了,那是你自己的事。"

因为谷子已得知,二跃得了早期肺癌,肺叶做了根治性切除,刚刚稳定下来。

这听上去像个笑话,开药房的最终得了肺癌。黑皮嘴贱的毛病是改不了的,只是不妨碍他热心地将二跃引荐给园区总经理。总经理很激动,电子屏上立刻打出"欢迎民营企业家冯跃海先生荣归故里"。

"有个两千平方米的破损车间,外修复、内装修要花钱,数目不小,至今没人敢应承,冯老板若有兴趣,我给您免一年租金。"

二跃说:"三年!"

"好,冯老板心系后海,有情有义,三年就三年!"

破损车间属双坡顶砖木结构,某次失火,一半成灰烬,一半被青藤爬满,站在那里,像个溃败的武士。二跃看过现场,格局立出,且唏嘘不断:"多么难得,这分明是时间的艺术品。"

花了一年工夫,破损车间使用了钢框架加固,熏黑的砖木被保留下来,那些破窗门也只换内层,二跃需要修旧如旧。里面则采用了包豪斯装修风格,放大结构本身的形式美,反对多余装饰,尊重材料的性能,辅以不对称构图手法,让整个空间相互交替、相互融合。

至于用来干什么,众人商量了一年。众人包括二跃、谷子、光荣退役的"雷达兵王"四学、从德国拖家带口回来省亲的小季,还有黑皮、亦冯、远洋船员、二跃娇妻。

一层用以展示私人工业记忆。冯父所留的铁路老物件，终于堂而皇之起来。旁边是放大了的展品提供者肖像与生平。照片里的冯父，站在火车机头前，穿连体工装，手里攥着工作帽，两鬓是铲青的，头顶黑发厚密，他在笑，竟帅过了冯家所有儿子。照片右下角有时间，一九五〇年九月。

大多数人对于展品是漠然的。偶有行家，看见那些亚光的物件，会献上惊叹。为此，谷子整理了一些背后故事——这一小截儿是退役的钢轨，每年打一遍核桃油，摸上去像丝缎。收藏者做了一辈子巡道工，眼见着钢枕换成了木枕和混凝土枕。当年胶济铁路上的德国钢枕超过三百公里，全国独一份！

叶父所留也有相当位置。退役的船舵、船钟、船锚、螺旋桨，海水常年浸泡氧化，锈斑如文身，早就成了精，雷电、风暴、巨浪、海怪，哪样没见过？那些海洋生物标本在独立区域,兼做中小学生公益研学基地。远洋船员负责讲解,他免不了要炫耀那些风浪、那些码头。

二层是拳击馆。谷子最得意之处,莫过将大漠请了回来。大漠让众人忘记了年纪,他走路腰板笔挺,肌肉发达,和他掰腕子,众人皆是败将。

大漠戴着手靶给学员做陪练的时候,谷子便湿了眼,恍如昔日重来。

沙包、擂台、拳套……设施装备齐全。按照大漠的要求,四处放置了镜子,便于演练者四面起势,摆正“拳架”,观察“手眼身法步”是否端正。谷子看见镜中的自己,着黑汗衫;双手缠深色绷带,足有三米长;外面再戴一副拳击专用手套——万事俱备,他却失去了爆发力和体力。

大漠走过来,带着多年前的风声:“谷子,不必拼体能,这个年纪练的是思维和反应,一种预判能力。"

"挫其锐,解其纷,和其光,同其尘。谷子,记住。"

为了和大漠在一起,谷子打算把"后海谷子"烧烤店搬到后海,如此一来,便名副其实了。

谷子知道,再过几年,就真的老了。到时候,他会明显地腿沉,看东西离不开花镜,每一颗槽牙都被补过窟窿。老了的身体如同陈年旧屋,椽头腐朽,四处漏雨。不出意料地,他也成了老家伙。一起成为老家伙的,还包括二跃、四学、黑皮、远洋船员等——大漠则成了透辟的老家伙,他仍然是后海的传说,寄托着几代人的侠义情结。

老家伙们应该会经常来"后海谷子",聚一聚,喝几杯。天气好的时候,还可以做伴出去晒太阳。海边立有一块石碑,上题"后海浴场旧址",不远处是新兴火车站,从那里出发的动车时速已达四百多公里。

老家伙手握拐杖,歪歪扭扭地站着。一开口,就说错了话——这也难免,毕竟是越老越糊涂了。

年轻人奇怪地看着老家伙们。

年轻人不知前海后海之分,只道这是自己的海,还要一厢情愿地放上定语或副词:我家窗外的海、十七岁的海、爱情海、母亲海、一杯沧海、镶着银箔的海。